やはり俺の
青春ラブコ
まちがってい
アンソロジー3

My youth romantic come
wrong as I expected.
Anthology3 yui side

結衣side

ぽんかん⑧
Ponkan

うかみ
Ukami

U 3 5
Umiko

ク ロ
Kuro

Illustrator's Profile

ぽんかん⑧／担当作に『やはり俺の青春ラブコメはまちがっている。』シリーズ（ガガガ文庫）ほか、『SHIROBAKO』のキャラクター原案などがある（口絵p1）

うかみ／漫画『ガヴリールドロップアウト』（電撃コミックスNEXT）の執筆ほか、担当作に『クズと天使の二週目生活』シリーズ（ガガガ文庫）などがある（口絵p2-3）

クロ／担当作に『編集長殺し』シリーズ（ガガガ文庫）など。『イラストレーターの考えた女子高生ポーズ集』（ホビージャパン）、『しりだらけ』（一迅社）等にもイラスト提供（口絵p6-7、挿絵p19）

U35／担当作に『青春絶対つぶすマンな俺に救いはいらない。』（ガガガ文庫）、『コワモテの巨人くんはフラグだけはたてるんです。』（ガガガ文庫）などがある（口絵p4-5、挿絵p85）

Shirabii
しらび／担当作に『りゅうおうのおしごと！』シリーズ（GA文庫）、『86-エイティシックス-』シリーズ（電撃文庫）などがある（挿絵p137）

Sunaho Tobe
戸部 淑／担当作に『人類は衰退しました』シリーズ（ガガガ文庫）ほか、『ぷよぷよ～ん』キャラクター原案などがある（挿絵p165）

Kukka
くっか／担当作に『夏へのトンネル、さよならの出口』（ガガガ文庫）、『きのうの春で、君を待つ』（ガガガ文庫）などがある（挿絵p233）

Ayumu Kasuga
春日 歩／漫画『城下町のダンデライオン』（まんがタイムKRコミックス）の執筆ほか、担当作に『俺、ツインテールになります。』シリーズ（ガガガ文庫）などがある（挿絵p275）

ANTHOLOGY3 YUI side
やはり俺の
青春ラブコ
まちがってい
アンソロジー3
My youth romantic comed
wrong as I expected.
Anthology3 yui side
結衣side

Contents

design: numata rina

「こう見えて、由比ヶ浜サブレは賢い」。

川岸殴魚
挿絵：クロ

いよいよ夏休みも近づいてきた七月の中旬。

今日は日曜日で学校はおやすみ。

あたし、由比ヶ浜《ゆいがはま》結衣《ゆい》は千葉ポートタワー付近の公園に来てるんだけど……。

さすが七月、太陽がギラギラ。

日焼け止め塗ってきたけど、それでも日焼けしちゃいそう……。

で、こんなところでなにをしてるのかというと、いまは人を待ってるところなのです。

それで誰を待ってるかというと……。

優美子《ゆみこ》、三浦《みうら》優美子と川崎沙希《かわさきさき》さん（姫菜《ひな》は沙希沙希って呼ぶけど、まだあたしがそう呼ぶのはちょっとテレがある感じの状況……）。

とにかくふたりを待ってるとこ！

そろそろ待ち合わせの時間……。

あっ、ふたりの姿を発見！　駅の方からふたりそろって歩いてきてる。

「やっはろー」

あたしは全力で両手を振りふたりに自分はここにいるとアピール。

「おーい、優美子、川崎さん、こっちこっち！　はろはろー」

明らかに手を振ってるあたしの姿にふたりとも気づいているはずなのに、ぜーんぜん、リアクションがないっ！

なんか黙々と歩いてるし！

ふたりとも同じ電車だったらしくて一緒にあたしの元へと向かっているんだけど、ふたりの間では全然会話してないっぽい……。

一緒に歩いていると言えないくらいの絶妙な距離をキープしつつ、ふたりとも同じくらいのスピードで移動している。

「おーい、やっはろー。ごめんねー。日曜日に！」

あたしはなんとなくヤバげな空気をどうにかしようと、もう一回やっはろーしてみたんだけど……。

「そもそもさー。なんであーしなわけ？」

優美子は相変わらずご機嫌斜め。到着するなり、いきなりクレーム。

「あたしも聞きたい。なんであたし？　しかもこいつと……」

川崎さんもそう言うと隣の優美子を軽く睨《にら》んで……。

しかもすかさず優美子睨み返してるし！

なんかいきなりバチバチ。

うーん。こんなに仲悪い感じだっけ？

とにかくこのふたりにあたしが協力して欲しかったこととは……。

愛犬サブレに芸を仕込むのを手伝ってもらうこと！

最近、サブレが何回か逃げちゃったせいで、ちょっとバカ犬なんじゃないのか疑惑が発生していて……。

サブレは本当はとっても賢い子なのに……。

このままだと悔しいから、すごい芸を仕込んで、サブレは賢い子なんだってことを見せつけてやる！　そして、もし成功したらだけど、その先に頼みたいことも……。

「だってひとりじゃサブレに芸を教えられそうにないんだもん。サブレはやればできる子だと思うんだよね。おねがーい」

ふたりの前でぱちんと手を合わせて全力でお願い。

「いや、いいんだけどよー」

優美子《ゆみこ》はまだ納得がいかないっぽくて……。

「なに？」

「なんか納得いかないっていうか……、そもそも、結衣《ゆい》、むしろ困りごと解決する部活にいるじゃん。なんでそこで解決しねーの」

「それは……サブレが迷惑かけたのヒッキーだし、ゆきのん、……犬は苦手らしいから」

ヒッキーには一度、怪我をさせちゃったし……。

そのあとも買い物中にサブレの乱入とかがあって、それきっかけで、ゆきのんとヒッキーが付き合ってると思い込んで、ぎくしゃくしちゃったり……。

で、ようやくいま元の関係に戻ったところだし。

さすがのあたしでもこのタイミングでサブレに関する相談はちょっとしづらいっていうか。

そんなことを頼んだらヒッキーにどんな嫌味を言われることか……。

あの人、嫌味言うの超得意なんだからねっ！

「だとしても、なんでこいつとあたしなのよ？　あたしじゃなくて海老名《えびな》さんでよくない？」

夏の直射日光を受け、ちょっとダルそうな川崎《かわさき》さん。

たしかにあたしが教室でいつも絡んでいるのは優美子と姫菜《ひな》が多くて、川崎さんはひとりでいるのが好きっぽいからあんまり話ししないけど。

「なんか姫菜は『この時期忙しくない腐などいないっ！』って言ってて無理だったしー、それに川崎さんは奉仕部で一回、お手伝いしてるし、してるしっ！」

あたしはその点を強調しつつ、上目づかいでじっと川崎さんを見つめてアピール。

なぜか、ちょっと顔を赤らめて目をそらす川崎さん。

「まあ、あの時は弟ともども世話になったけど……」

「ねー、そうだよねー、だから、今度はちょっと甘えちゃおうかって思って」

「ああ、うーん」

それでもまだ煮え切らない態度の川崎《かわさき》さん。

あたしは川崎さんの手を取って、ちょっと強引めに握りしめます。

——もうひと押し。

「それに、それに、川崎さんって、面倒見がよくて優しいタイプじゃん！　あと優美子《ゆみこ》も」

「はあ、あたしが？」

「あーしも!?」

ふたりともまったく自分が面倒見のいいタイプである自覚がなかったっぽくて、ふたり同時に目を白黒させて、ぽかーんとしてます。

「そうだよ。ふたりともいいママになるタイプじゃん。ふたりならサブレを任せることができるって思ったの」

あたしはエッヘンと胸を張って断言。

そう言われた優美子と川崎さんはお互いがお互いを見つめ合って……。

完全にお互いとも「こいつはねーだろ」と思っている顔だけど。

でも、その言葉はすぐに自分に突き刺さるブーメランっぽいから、そう簡単に口にできない感じ。

それはともかく、納得いただけたところで（多分納得したよね？）、すかさず、ふたりにサブレの紹介をしないと！

「じゃあ、さっそくだけど紹介するね。ウチの可愛《かわい》い子、ミニチュアダックスフントのサブレでーす」

そう言うと、あたしは足元にあった小型犬用のキャリーケースのチャックを開く。

「おーい、サブレ」

名前を呼ばれてぴょこりと顔を出すサブレ。

小さな鼻を小刻みにくんくんと動かし周囲の状況を確認している。

その姿を見て……。

「「可愛い！」」

優美子と川崎さんがさっき以上のカンペキなシンクロ！

お互い若干キャラが被ってるっぽくて、たぶん、それでふたりはクラスで微妙な関係っぽいんだけど、でも、でも、被ってるタイプだからこそこういうタイミングでは完璧《かんぺき》にハモってしまうっぽいのだっ！

そんなふたりはサブレを気に入ってくれたみたいで……。

「えへへへへ、ありがとう。そう言ってもらえると嬉しいなあ」

なんか自分が可愛いと言われた以上に嬉しいし。

サブレも自分が歓迎されているのが分かったのか、自分の鼻の前に差し出されたふたりの手を交互にくんくんしてる。

「おーおー、可愛《かわい》いじゃん。それであーしたちが、この子となにしたらいいわけ?」

サブレをひと目見た瞬間に優美子《ゆみこ》の態度が激変。

完全にやってくれる流れ!

「公園で一緒に遊びながら、芸を教えてもらえたら助かるなーって!」

「するするっー!」

川崎《かわさき》さんも一気にテンションアップ。

いつものクールめのサブレを見つめる目はなんかキラキラだし。

いつものクールめのキャラが嘘《うそ》みたい。あとちょっと頑張れば目からリアルにハートが出せちゃうのではってレベル。

というわけで……。

ふたりと一緒にサブレの特訓、開始っ!

「でさー、やっぱ基本はボール投げて取って来るだと思うんだよねー。あれやりたいなーって!」

「おー、おー、いいね。あーしも賛成」

「じゃあ、優美子、これを投げてくれる?」

あたしは犬用の噛《か》んでも大丈夫なぷにょぷにょのゴムボールを優美子《ゆみこ》に渡す。

「うんうん、やる！　おーし、サブレ、取ってこーい！」

優美子はくるりんとした縦巻きロールをひらりんとさせながら、格好いいフォームでボールを投げる。夏空に向かって飛ぶピンク色のゴムボール。

それを追っかけてサブレが全力疾走。

優美子のナイススローでふあーんと跳んだボールは十五メートルくらい先の芝生《しばふ》に着地。

「ひゃん！　ひゃん！」

そこに向かってサブレが猛突進。

短い前脚と後ろ脚を漫画みたいにグルグル回してダッシュしているサブレ。

ミニチュアダックスにしてはたぶんかなり素早いっぽい！

一瞬でボールの落下地点に到着。

「ひゃん！　ひゃん！」

サブレがそのままボールを通り過ぎちゃった！

「おーい、サブレ！」

優美子の声に一切反応せずそのまま全力疾走！

どんどん遠くに……。

完璧《かんぺき》に逃げたっ！

「待ってー！　サブレー！　ボールはこっちだよ！」

あたしも全力疾走でサブレを追跡。

「ったく、いきなり逃げるって」

川崎《かわさき》さんもダッシュ。回り込む形でサブレを追いかけてくれてる。

「ひゃん、ひゃん！」

「待ってー！」

「サブレ！」

「ひゃん⁉」

あたしと川崎さんで挟み撃ちにする形でサブレを捕獲。

がっしりと抱っこします。

いやー、お騒がせしました。

「ごめーん、優美子。川崎さん。逃げちゃったね」

「あー、多分、あれじゃん？　あーしもサブレがまだボールに興味持つ前に投げちゃったのかもしれないし」

優美子はなんだかんだで優しいから、自分の責任にしつつ、ちょいフォローしてくれてる。

ほんとなにげにいい人。

もちろんサブレは優美子がフォローしてくれてるのはわかんないわけで、あたしに抱きかかえられながら、「はっはっはっ」って小刻みな呼吸をしてる。

あたしは優美子《ゆみこ》の前にそっとサブレを下ろして。

「よーし、じゃあ、次はもう少しボールをよく見せてからにしようね」

「うん」

優美子はあたしと川崎《かわさき》さんがサブレを追いかけてた間に自分でボールを取ってきてくれたようで、すでにボールを持っている。それをもう一度、さっきよりだいぶ慎重めにサブレの前にかざす。

「ふんふんふんっ……」

ボールに小さな鼻を近づけくんくんするサブレ。

優美子の指とその間にあるボール。

右から左から下から、いろんな方向からくんくん、ぺろぺろ中。

「おお、すでにボール欲しそうじゃん?」

優美子も軽く指をぺろぺろされてくすぐったそう。

たしかに優美子が言う通り、サブレはボールに興味津々っぽい。

これは期待できそう。

「おーし、サブレ、いくぞ、取ってこーい！」

優美子がボールを投げる。

もう一回、夏の空にぽーんと飛ぶゴムボール。

「ひゃん！」

サブレがさっきよりスピードアップした走りでボールを追いかける。

ボールが芝生《しばふ》の上に着地した時にはもうサブレもボールのすぐ近くまで駆けつけていて、
ボールがポーンとワンバンした瞬間にそれに合わせてジャンプ。

空中にあるボール向かってサブレもぴょーんと……。

「ひゃんっ！」

そのまま逃げた！

サブレ、ボールの上を飛び越えたし！

そのままサブレはボールのずっと先に着地。

「おーい、サブレ！　なんで飛び越えるし！」

サブレは優美子の声に一切反応せずそのまま全力疾走！

どんどん遠くに！

「待ってー！　サブレー！　川崎さーん」

「ったく！　またかよ」

あたしと川崎さんもまた全力ダッシュ。

ふたりでサブレを追いかけて走り回る。

「ひゃんっ！」

サブレはそれが楽しいみたいで、ジグザグにダッシュしたりして、あたしと川崎《かわさき》さんから逃げ回ってる。

「おーい、待てって！　見た目より全然素早いなっ！　きゃっ！」

川崎さんの足の間をすり抜けるサブレ。

慌てて川崎さんが尻もち。

危ないっ、ちょっとパンチラしちゃうとこだった！

「はぁはぁ、サブレー、ちょっと待って！　もう、違うって。ボールを取って戻るんだって！」

あたしはなんとかサブレを捕獲。

優美子《ゆみこ》の元に戻ることに。

すでに優美子の手には投げたゴムボールが握られてて……。

「なんかサブレじゃなくてあーしが投げたボール取ってきてるんだけど……」

たぶんあたしと川崎さんがサブレと追いかけっこしてる間に、優美子はひとりで自分の投げたボールを取りに行って待っててくれたっぽい。

「ほ、ほんとだね。ご、ごめーん」

「あんたらはまだサブレと遊んでるからいいけど、あーし、めちゃ寂しいんですけど！」

ちょっと頬《ほお》をぷうっとさせて、拗《す》ねた感じの優美子。

なんかちょっと可愛《かわい》い。

「なんでだろうね。なんですぐ逃げちゃうんだろう？」

「一回、ググらねえ？」

優美子はそう言うと、自分のスマホに『犬　逃げる　理由』と入力。

顔を寄せ合ってその犬の訓練方法をチェックする優美子と川崎さん。

なにげにレアな光景だけど……。

しつけサイトをじっくり読んだ優美子。

ついにスマホから目をあげる。

「結衣《ゆい》、サブレを呼び戻すときなんて言ってる？」

「えー？　おーいとか。ねえーとか、こっちーとか、ちょっとー」

「そんなんじゃ、お母さんでも来ないぞ……」

川崎さんもちょっと呆《あき》れ気味の表情。

「やっぱ呼び方じゃね？　そんな感じで毎回ばらばらの言葉で言われても、サブレなんのことかわかんねーじゃね？」

優美子はそう言うと一回大きく頷《うなず》く。

たしかに言われてみたら……。

「おー！　優美子、なるほどいいところに気づくね」

あたしは全力で感心。思わず拍手をする。

「ほんと、案外頭いいんじゃん」

川崎《かわさき》さんも同意してくれたけど……。

「あぁ？」

「はぁ？」

いきなり睨《にら》み合うふたり。

あー、このふたりはあんまり仲良くないんだった……。

「えーと、えーと、じゃあ、呼ぶ時の言い方を決めればいいんだっけ？」

「そう。それからボールを取りにいく時の指示も。ネットだと『キャッチ』とかになってる、で戻ってくる時が『バック』とか」

「ほほう。ドッグトレーナーっぽいね」

なんだかサブレもそれなら覚えられる気がしてきた……。

「よーし、ちょっと練習させよう。サブレ、キャッチ」

優美子《ゆみこ》はサブレから二歩くらいの距離にボールを置き、「キャッチ！」とはっきりと命令。

まずはキャッチとバックがなんのことかサブレに覚えさすんだね……。

さすが優美子、面倒見がいいだけある。将来いいお母さんタイプナンバーワン！

「サブレ、キャッチ。ボールをキャッチ。ＯＫ、サブレ、キャッチ！」

何度も繰り返す「キャッチ」の指示。

そして目の前にあるゴムボール。

さすがにサブレも意味がわかったっぽくて……。

「ひゃんっ！」

また逃げたっ！

一度可愛《かわい》らしく吠《ほ》えると、回れ右して全力でダッシュ！

前脚と後ろ脚をぐるぐる回して、どんどん遠ざかっていく！

「サブレ！　キャッチ！　っていうかバック！」

「ひゃんっ！」

「ひゃんじゃねー！　キャッチ！」

ボールは結局優美子がキャッチしてサブレに向かって振り回してるし！

で、それをサブレは全然聞いてないし！

もう三十メートルくらい先まで行っちゃってる。

「川崎さん……」

「またぁー？」

川崎さんは思いっきりダルそうな顔をしてるけど、結局、小走りで追っかけはじめてくれてる。やっぱいい人、川崎さん！

「ごめんねー！」

　あたしも川崎《かわさき》さんとは逆のカーブで回り込みながらサブレを追跡。

「サブレー、なんで逃げるんだよ」

　川崎さんが反対側から徐々に接近。

「本当だよー！　サブレ！　駄目だよ逃げちゃ！　つらいことにも立ち向かわないと」

「飼い主に似たんじゃねーの」

「ひどいよー川崎さん、あたしは逃げないし、ヒッキーじゃないんだから」

「本当かよ！　ってかあんた比企谷《ひきがや》とはどうなの？」

「な、なになにいきなりっ！　どうってなにっ！」

「いや、わかんないけど、なんとなくさ」

「えっっとなんとなくなに？　べべべ別に」

「よっし捕まえた！　サブレ、ダメだろ！」

　川崎さん、このタイミングでしっかりサブレをキャッチ。

　もー、なんかちょっと恋バナ的な展開かと思ってドキドキしてたのにっ！

　案外冷静じゃん！

「しっかし、すぐ逃げるな、この子」

「うん。別に懐いてないとかそういうんじゃないんだよ。ただ落ち着きがちょっとなくて、物覚えが悪いっていうか」

「それこそ飼い主に似たかと？」

「あははは－、そこはいまいち否定できない」

そんなトークをしつつ、スタート地点、元居た場所に……。

「あれーっ？　優美子《ゆみこ》がいない……」

あたりをきょろきょろしても優美子の姿が発見できずっ！

「あいつも逃げたか！」

「そんなー、優美子ー、バック！　どこいっちゃったの！　優美子バック！」

「あたし、あいつは追いかけないぞ」

「そうだね。回り込んでも上手くよけられそうだしね。優美子、ああ見えて賢いからなー、優美子、キャッチー！」

「なんであーしがキャッチしなきゃいけないんだよ！」

あたしの後ろから優美子の声が！

振り返ると優美子はいつのまにかコンビニの袋を持ってた。

「これ買ってたわけ」

優美子がコンビニの袋から取り出したのは骨の形をした犬用クッキー。

「おお、これはサブレも好きなヤツだよ」

「やっぱなんかご褒美《ほうび》がいんだろって思ったわけ」

サブレもその袋と骨の形から、自分の好きなおやつだとわかったっぽくて、川崎《かわさき》さんの胸に抱きかかえられたまま、鼻をふんふんふんふん、脚をバタバタバタバタバタ大興奮。

「おっとととと、サブレ、暴れんなって……、まあ、でも、いい考えだな」

「だろ?」

ちょっと得意げな優美子《ゆみこ》。

「あんた案外気が利くじゃん」

「あっ、喧嘩《けんか》売ってんのか?」

「はぁ、いまのは余裕で売ってなかったろ！　普通に褒《ほ》めてたし！」

「なんで！　全然喧嘩するタイミングじゃなかったよね！」

サブレもちっとも芸を覚えないけど、このふたりもちっとも仲良くなんない！

自分で呼んどいてなんだけど、ちょっと大変な日曜日になっちゃってるな……。

◆

「やっぱまだボール取ってこいはムズいんだって。急には無理だよな、サブレ」

「ひゃんっ！」

川崎さんに頭をポンポンされ嬉しそうなサブレ。

「んじゃ、まずはお座りから？　お座りはできんの？」

優美子はサブレの背中あたりを撫《な》で撫で中。

「うん。さすがにお座りはできるよ」

あたしは優美子が買ってきてくれた骨クッキーを手のひらに一枚乗せて、サブレの前にすっと出す。

そして、左手の人差し指をサブレの鼻先で軽く振って注意を引きながら……。

「お座りっ！」

「……ひゃんっ！」

高らかにお座りを宣言！

すぐにサブレが短い脚を折りたたんでお座りのポーズに！

――大成功！

「おお、偉いですね。お座りできましたねー。可愛《かわい》いですねー、いい子ですねー。んー、本当に可愛いですねぇー」

あたしの中で可愛さが大爆発！

思わずサブレを抱っこしながら芝生《しばふ》の上を一緒に転げ回っちゃう！

「結衣《ゆい》、喜びすぎ、口調がムツゴロウさんになってるし！」

「だって、可愛《かわい》かったから！　見た？　優美子《ゆみこ》」

「見たけど。こんだけ喜ぶって、なんかギリギリだな」

優美子はちょっと呆《あき》れてるっぽい。

「じゃあ、次は待てか。結衣《ゆい》、サブレは待てはできるの？」

「うーん。ギリギリ？　〇・五秒くらい？」

「それできてるとは言えないだろ！」

すかさずツッコんでくる川崎《かわさき》さん。

たしかにそうなんだけど。

サブレ可愛いから、いっつもできたことにしてOKにしてるの。

「じゃあ、課題は待てからだな」

「だな」

優美子の結論に頷《うなず》く川崎さん。

そしてまずは川崎さんが骨クッキーをサブレの前に差し出して……。

「サブレ、お座り」

「ひゃん」

「サブレ、待て！」

川崎さんが残った左手でサブレをぴしっとストップさせる。

「ひ、ひゃん!?」

新しいミッションにサブレが戸惑ってるっぽい！

お座りするサブレ、その鼻先に川崎さんの手にのったクッキー。

それから「待て」の指示。

サブレ、頑張れるかな？

ちゃんと「待て」できるかな……？

——逃げたし！

なぜか回れ右して全力疾走してるし！

「サブレなんで!?　我慢できずに食べるならわかるけど！　なんで逃げるわけ？」

川崎さんは文句言いながらも、しっかり走り出してる。

なんかもう追いかけ慣れてる感じ。

あたしも特に合図とかなしに川崎さんと自然に挟みこむ感じでサブレを追いかける。

「ひゃんっ！　ひゃんっ！」

サブレはサブレで慣れちゃって、すっごい楽しそうなんだけど！

川崎さんとあたしでサブレと追いかけっこすること数分。

なんとかサブレを抱えて優美子のところへ到着。

「はぁはぁ……お待たせ優美子」

あたしはもう汗だく。Tシャツもびちょびちょ。

いつもクールな川崎《かわさき》さんも芝生《しばふ》の上に座り込み、ハンドタオルで首筋の汗をぬぐってる。

「ねえ、どういうこと？　絶対に逃げんじゃん！」

優美子《ゆみこ》はぶつくさ言いながら、あたしと川崎さんにペットボトルのお茶をぽんと投げてくれる。たぶんさっきコンビニ行った時に買ってくれてたんだ。

こういうなにげに優しいところが、クラスの女王やれてる理由かも。

「悪いな……」

川崎さんも小声だけど優美子にちゃんとお礼を言ってる。

あんまり仲良くない二人だけど、これをきっかけに仲良くなってくれたらいいな。

「とりあえず、根性入れてもう一回いくか。一回で覚えなくても、はっきりと指示の言葉を出して、二回、三回やればさ」

川崎さんはもらったお茶をこくこくと豪快に飲みひと息つくと、パンパンとお尻の芝をはらって立ち上がる。

川崎さん、見た目のイメージよりずっと粘り強くて真面目……。

協力をお願いした甲斐がある。

川崎さんは改めてサブレの前に犬用の骨クッキーを差し出して……。

「よーし、サブレ、お座り」

「ひゃんっ！」

もう逃げたし！

全力ダッシュのサブレ！

「退化してんじゃねーか！　どうなってんだよ！」

「あたしに言われてもわかんないよ！」

「さっきはお座りまではしてたのによ！」

文句を言いながらもサブレを追いかけてくれる川崎さん。

でもサブレも追いかけられるのに慣れてきてるっぽくて……。

川崎さんとあたしの動きを読んで、急カーブを繰り返しまくって、避けまくり！

「逃げる方は学習すんのかよ！」

また川崎さんの手をぎりぎり避けちゃった！

「優美子もお願い。助けて！」

あたしは優美子に助っ人をお願い。

「えー、あーしも!?」

ぶつくさ言いながらもちゃんと優美子も追跡に加わってくれて、結局、三人がかりでサブレと追いかけっこ。

犬を追いかけて夏の公園を走る三人のＪＫ。

もしかしたら、絵的にはちょっとだけ爽《さわ》やかなんじゃない？　スポーツドリンクのCM的な感じ？

そんなことが頭を一瞬だけよぎったりするけど、すぐにそんな余裕はなくなって……。

「ひゃん！」

サブレは元気いっぱい。

前回よりももっと遠くまで爆走中。

あたしたち三人を振り切ってどんどん先に行って……。

とうとう姿が見えなくなっちゃった。

「ひゃんっ！」

かすかに聞こえるサブレの鳴き声。

「はぁはぁ……」

「ぜえぜえ」

「ふぅううう、けほっけほっ、おえっ」

もうスポーツドリンクっぽい爽やかさゼロになりながらサブレに追いつくＪＫ三人。

サブレがいたのは……。

芝生《しばふ》広場を完全に横断した林の手前。

花壇のすぐ脇。

花壇の奥でうろうろしながら、懸命に「ひゃんひゃんっ！」って鳴き声を上げてる。

なんとなくあたしたちに何かを訴えているっぽい感じがする。

でも花壇にはまだなにも植えられてなくて、ただの黒い土。

「ひゃんっ！」

サブレはレンガで囲われた花壇の中ではなく、そのやや後方の地面を鼻で軽く突いて、また鳴き声を上げる。

その様子をじーっと見ていた優美子《ゆみこ》。

突然、ぱちんと胸の前で手を叩《たた》く。

なにか思いついたっぽいけど……。

「これあれじゃね？　ここ掘れワンワン的なのじゃね？」

優美子……。意外とメルヘンな発想！

「あれか？　昔話の？　犬がここ掘れって吠《ほ》えて、そこを掘ったらお宝が出てくるやつ？」

「うん。なに？　知らないわけ？」

「はぁ!?　知らないわけないだろ。たださ。なんていうかさ……。うーん、まあ、ありえるか」

川崎《かわさき》さん……。意外とメルヘンな発想！

「まあ、とりあえず掘っとく？」

「サブレもここまでしつこく逃げるってことは、本気でここになにか感じててさ、それを知らせたがってる可能性もあるな」

川崎《かわさき》さんも掘るのに前向きっぽい。

「ねえ、サブレってそこまで名犬じゃないと思うんだけど」

「でも、さっきからあーしらに凄《すご》いアピールしてるし」

「ひゃんひゃんひゃん！」

「それはそうなんだけど、お宝を見つける能力ないっていうか、どっちかと言うとバカ犬っぽいっていうか……」

「ひゃぁん？」

うっ、なんかサブレが不満そう……。

「まあ、掘るだけ掘ってみるか。花壇の奥のなんにもない場所だし」

川崎さんは辺りに落ちていた手ごろな木の枝を拾って、さっそく花壇の奥の地面を掘り返しはじめた。続いて優美子《ゆみこ》も枝でほじほじ開始。

こうなってくるとあたしもやらないわけにはいかないし……。

「なに出てくんだろうな」

一心不乱に花壇の奥をほじりながら川崎さんがつぶやく。

「基本小判じゃね？」

答える優美子も視線はまっすぐ花壇のまま。

「千葉って小判出るのか？」

「ひゃん？」

「あーしも知らねえけど、千葉も江戸時代は小判使ってたっしょ」

「なんかポートパーク辺りって埋め立て地っぽいけどな」

「ああ？　文句あんのか？」

優美子がまた川崎さんを睨《にら》みつける。

「はぁ？　別に文句ないけど。ただ小判のころ、ここ海だろつってんの！　だから出るとしたら化石だろ！」

断言する川崎さん。

「あぁ？　化石出て嬉しいのかよ」

「あ？　超嬉しいだろ！」

すごい揉《も》めてるけど……。

なんかふたりとも絶妙に可愛《かわい》いんですけど！

なにその夢見がちな揉め方。

「まあ、まあ、ふたりともサブレのここ掘れひゃんひゃんだから、そんな期待しないでね」

「んなことはわかってるよ。ただあんなに『ひゃん、ひゃん』やられたら、逆に掘らないと気にならない？」

「これでスルーしたらずっと気になるわな」

揉《も》めながらも、割と意見いっしょめのふたり。

「あはは、じゃああんま期待せずに掘ろうね」

あたしとしてはサブレの賢さにあんまり期待されると不安になるっていうか……。

とにかく三人で掘り続けること三十分くらい？

シャベルとかスコップとかない割には結構掘れたけど……。

「なんも出ないじゃん」

自分たちの掘った穴を見つめて、不満顔の優美子《ゆみこ》。

「化石もない……っていうか、サブレは？」

「あれ？」

そういえば途中から全然「ひゃんひゃん」言ってない！

慌てて周りを見渡しても全然姿なし！

サブレ、自分が掘れって言っといて、こっそりどっか行っちゃった！

「もう、サブレー、どこ？　サブレのバカー！」

あたしはサブレの名前を呼びながら、とりあえずもとに居た場所にバック。

するとそこにはサブレの姿が……。

「あーっ、サブレ、おやつの骨クッキーめっちゃ食べてるじゃん！」

優美子がサブレを発見して目を丸くしている。

芝生《しばふ》の上で横になるサブレ。

その鼻面の辺りにはほとんど空になったクッキーの袋が……。

「もしかして、あたしたちに地面掘らせて、その隙に自分だけ戻ってクッキー食べてたってこと……？　超賢いじゃん！」

川崎《かわさき》さんはむしろ感心しちゃってる。

「ひゃん」

サブレは袋に鼻を突っ込むとクッキーをひとつ咥《くわ》え、川崎さんの足元に差し出した。

「これ戻ってこれたご褒美《ほうび》!?　なにこの名犬！」

「違う違う。サブレそんな賢くないって！」

「そうか？　なんか凄《すご》い犬な気がしてきたぞ」

「ほんとたまたまだって」

本当はバカ犬じゃなくて、ちゃんとしてるところを確かめたくて、あたしは芸の練習をしようとしたのに、なぜか逆の主張に……。なんで？　あたしも賢くはないからよくわかんないけど……。

「まあ凄い賢い犬かどうかはわかんねーけどバカ犬じゃないってことはわかったよ」

優美子は苦笑いしつつ、サブレのお腹を撫《な》でている。

サブレもすっかりお腹いっぱいでちょっぴりぐったりモード。

「たはは、これでまだお座りが一回できただけなのが不思議なくらいだね？」

あたしはちょっと苦笑い気味で言葉を返す。

「しっかし、そろそろ決めねーと。このままだとあたしが先にぶっ倒れるわ」

川崎《かわさき》さんもかなり疲れてるっぽい。

実際に川崎さんはずっと走ってるし、あたしもかなり疲れてる。

それにこの暑さ。

多分気温は三十度超え。

全力ダッシュするには暑すぎ。

これ以上サブレと追いかけっこしたら倒れちゃうかも。

ここはサブレにもちゃんと言っとかないと。

「サブレ、なんですぐに全力ダッシュしちゃうかな……。あたしたちそんな体力ないんだからね。ダメだよ」

あたしは文句を言いながらもサブレの頭を優しく撫《な》で撫でする。

サブレもちょっと嬉しそうに尻尾をブンブン。

そんなあたしとサブレの姿を優美子《ゆみこ》はじっと観察していて……。

「どうかした優美子？」

「うーん、なんとなくさ」

「なんとなく……？」

なにか重要なことを言いそうな雰囲気。

「あー、なんかさ、本当に勘なんだけど、あーしたち舐《な》められてる可能性ない？」

「へ!?」

あたしは急にヤンキーぽいことを言われて思わず首を傾《かし》げる。

「だからさ、犬ってけっこう上下関係を見るっていうじゃん。で、あーしらの言うことは聞かなくてもよゆーって思われてるとかさ」

優美子は腕組みしてちょっとサブレを睨《にら》み気味でいる。

「言われてみると、さっきから逃げて遊ばれてる感じはしたかも」

川崎さんも優美子の意見に同意っぽい。

……言われてみれば。

もしかしてサブレ、あたしのこと飼い主とは思ってない？

「ねえ、サブレ、あたし、おまえのご主人様だよ。わかってる？」

あたしはサブレを両手で抱きかかえ、目線を合わせる。

目と目を合わせて話すってやつ。

「ひゃん？」

首を傾《かし》げるサブレ。

「もしかして友達と思ってる？」

「ひゃん？」

また首を傾げるサブレ。

「もしかしてもっと子分的な？」

「ひゃん、ひゃん！」

ちょっと頷《うなず》いてるっぽいサブレ！

優美子《ゆみこ》はそんなサブレとあたしをじっと観察して……。

「あー、間違いなく結衣《ゆい》のことちょい下に見てるわ」

ゴージャスな縦巻きロールをひるがえして、うんうんと深く頷く優美子。

「えーっ！　優美子、怖いこと言わないでよ」

「間違いないね。あーしらはそういうの敏感だから！」

優美子はそう言うとちらりと川崎《かわさき》さんに視線を送って……。

川崎さんもこくこく頷いてる。

……サブレまさか。家族の中でパパ、ママ、サブレ、あたしの順？

そういえばママの時は『待て』で結構待ってた気もする。

サブレ、あたしの時だけ待ってない説！

愛情たっぷり、時にはちょっと厳しく、サブレのお姉さん的な感じで育ててきたつもりだったのに！　あたしのムツゴロウさんマインドを返せ！

ショックでがっくりと芝生《しばふ》の上に倒れ込むあたし。

優美子はそんなあたしの様子を見かねたっぽくて。

「しょうがないね。あーしがちょっと言って聞かせようかな」

「あたしもそれは協力できるかも」

サブレの前にしゃがみこむ優美子と川崎さん。

「サブレ、あーしら、あんまり優しくねーから」

「そう、ちゃんと言うこと聞かないと、怖いよ」

ヤンキー座り状態で睨《にら》みを利かす優美子と川崎さん。

こ、これは……。

なんかわかんないけど凄《すご》い迫力。

さすが優美子と川崎さん。

ガンっていうの？　それをつけたら、クラスでナンバーワンとツーだよね。

どっちが一位かは知りたくないけど。

そんな圧力を受けるサブレ。

「ひ、ひゃーん……。ひゃんひゃん！」

犬でも謎の圧力を感じたらしく。

ちょっと怯《おび》えた顔に……。

「ちょっと、サブレが怖がって……」

「大丈夫、あーしたちも心を鬼にしてやってんだから」

たぶん、サブレにちゃんと上下関係を理解させて、言うこと聞かないとダメだってことを教えてるんだろうけど……。

「どう？　サブレ、次はちゃんとやる？」

優美子《ゆみこ》が怖い顔のままサブレに話しかける。

「ひゃーん！　ひゃん、ひゃあん。ひゃん。ひゃん！　ひゃんすよ」

サブレがなんか聞いたことない鳴き声出してる！

なんか「嫌だな。これまでのは冗談に決まってんじゃないすか！　やりますよ」的なことを言った気がする。

で、優美子は改めてゴムボールを持ってくると、それをサブレの顔の前でしっかりと見せる。

「ひゃんすっ！」

サブレはゴムボールを一度クンクン嗅いだあと、いままでになく真剣な顔に。

なんかサブレの真顔ってはじめて見たかも……。

「おっしゃ、じゃあ行くよ、サブレ、キャッチ！」

優美子ははっきりと「キャッチ」の指示を出し、ゴムボールを投げる。

空に浮かぶ入道雲。

それをバックにピンクのゴムボールがふあーんと弧を描く。

「ひゃんす！」

なんか敬語っぽい鳴き声をあげつつ、短い脚をバタバタさせるサブレ。

あっという間にボールに追いつき、地面に落ちて軽く弾んだ瞬間、ぱくっと咥《くわ》えてキャッチ完了！

……ついにキャッチができた。

偉い、偉いよ、サブレ！

そしてサブレはボールを咥えたまま、こっちを見てる。

「サブレ、戻ってこい、おいで、バック！」

優美子が「バック」の掛け声。

それに反応したサブレが……。

——戻ってきた⁉

サブレがぴょんぴょんと身体《からだ》を弾ませながらこっちに向かって走ってきてる！

もちろんちゃんとボールも咥えたまま。

なんて偉い。そしてなんて可愛《かわい》い！

いい子、いい子だよ、サブレ！

サブレはあたしたち三人の前にキャッチしてきたゴムボールを置くとちょこんとお座り。

ふたりの顔を見上げると……。

「ひゃんすっ！」

今日一番のきりりとした顔をするサブレ。

「…………」

「…………」

サブレに舐《な》められないように、怖い顔継続中の優美子《ゆみこ》と川崎《かわさき》さん。

ふたりはボールとサブレをチラチラ見て……。

「一応、もう一回やってみるか。たまたまかもしれないから。今度はあたしが」

川崎さんが改めてボールを投げる。

「ひゃんすっ！」

それをキャッチし、全力疾走で戻るサブレ。

川崎さんの足元にボールを置いて、きりっとした顔でふたりを見つめる。

「…………」

「…………」

「「よくやったっ！」」

ついに我慢できずに優美子と川崎さんの気持ちが爆発！

全開の笑顔！

「偉いぞ、サブレ」

「やればできんじゃん」

寄ってたかって、サブレを全力で撫《な》でまくり！

お腹を、背中を、頭を、尻尾のつけ根を！

ふたりがかりのダブルムツゴロウさん！

「ひゃんっす！　ひゃんす！」

急なスキンシップにちょっとびっくり気味のサブレ。

なんとなくちょっと迷惑そうにしてる気も……。

しばらく撫で撫でしまくったあと、川崎さんがあたしに言う。

「やったね。ついにできるようになったじゃん」

「うん。どうなることかと思ったけど。ありがとね」

あたしはぺこりと頭を下げる。

川崎さんには全力で何本もダッシュしてもらっちゃって、本当に助かった。

これ姫菜《ひな》だったら倒れてると思う。

「いやいや、普通に楽しかったし」

川崎《かわさき》さんはちょっと照れ臭そうにはにかんでる。

「これくらいお利口になると家族旅行にも行けるよ」

「ん？」

「いやー、サブレがおバカ疑惑がずっとあってね。あんまりおバカだと旅行の時に預かってもらうのも悪いでしょ」

「ああ、まあな。なるほどな」

「で、さっそく来月、夏休みの話なんだけど……」

あたしは上目づかい気味に川崎さんを見つめる。

そう。これがもし成功したら頼みたかったこと……。

「本当にさっそくだな」

「ちょっと預かってもらえないかなって」

「別にあたしはいいけどさ……」

「本当にっ！」

「別にそのつもりじゃなかったんだけど、サブレも仲良くなったことだし、ふたりのどっちかに、預かってもらえたらなって」

本当はちょっとそのつもりだったけど。

実際、いざって時にサブレを預けられる人がいたら凄《すご》く助かるんだよね。

とくに川崎さんとか優美子《ゆみこ》とかしっかりした人は安心だし。

「まあ、そういうことならいいけどさ」

川崎さんはまんざらでもなさそうな雰囲気でそう言うと、流れでサブレを抱っこしようとしゃがみ込んだんだけど……。

「ひゃんすっ！」

サブレが避けた！

「あれ？　サブレ？」

「ひゃんすっ！　ひゃじひゃんす！」

明らかに川崎さんを怖がってる！

ちょっと怖かったんで、ボールは取って来ましたけど、一緒に生活するのは無理っす。

そんな感じの態度。

「あはは、なに？　あんた嫌われちゃってんじゃん！　ほらサブレ怖いお姉さんじゃなくてこっち来な！」

「ひゃひゃんすっ！」

優美子の手もひらりとかわし、あたしの後ろに逃げ込むサブレ。

お姉さんも十分怖いっす！

そんな感じだ。

「あらー、全然仲良くなったことだし、じゃなかったね……たはは」

「そんな……。あーしはサブレのために心を鬼にしたのに……」

「そうだよ。あたしだって優しい顔だけしてたかったけど。ボールを取ってこさせるために」

ふたりともめっちゃ落ち込んでるし！

「ごめんっ！　サブレもいつかわかるよ。愛のある怖さだったたって！」

あたしは慌ててフォローしてみるけど。

「犬にわかんないっしょ……」

優美子《ゆみこ》は全然立ち直らず。

「ほら、まあサブレと仲良くなれなくても優美子と川崎《かわさき》さんが仲良くなれたら、そっちの方がいいっていうか……」

「別にあたしこいつと仲良くなりたいって思ってないし」

すかさず川崎さんが余計なことを！

「まあね。お互い様だし。そもそもあーしら仲悪いんじゃないしね」

「まあそうだな」

ぼそりと言う川崎さん。

「え、なんなの？」

「なんとなく距離置いてんの。ほらちょっと被んじゃん、あーしら」

「ちょっとだけどな」
川崎さんはちょっと恥ずかしそう。
そんな感じだったんだ……。
「ひゃん、ひゃん」
どっちもちょい怖いっす。
たぶんそんなことを言ってるサブレ。
それはともかくふたりのどっちかにサブレを預けるのは無理っぽい。
じゃあほかにしっかりした人は？
誰か、誰かいないかな……？
ぐるぐると回る知り合いの人たちの顔。
犬に怯《おび》えるゆきのんの顔。
人生に怯えるヒッキーの顔。
意外と個人的に苦手なさがみん。
なんかじゅるじゅる言ってる姫菜《ひな》。
駄目だ。もう思いつかない。
ほかに誰かいたっけ？
もう一度思い浮かぶヒッキーの顔。

──そうだっ！

小町《こまち》ちゃんがいた！

年下だけどすっごくしっかりしてるし、サブレのこともちゃんと可愛《かわい》がってくれそう。

よし決めた。小町ちゃんに頼もう！

そしたらついでに……。

預けに行く時とか、お礼もあるし……。

──ひゃん、ひゃん！

心の中でサブレがそう合図してる。ここ掘れ的な？　そんな気がした。

由比ヶ浜結衣はやっぱり料理ができない。

境田吉孝

挿絵：ＵＤ３５

――事件、というほどの話でもないのである。

と、同時に、いっそおかしみを込めて『事件』と称してしまいたくなる悲喜劇でもあった。

なんにしたって、たいした話ではない。そして、いま思えば俺に関わる話でもなかったのかもしれない。

なんていうのは、過去を振り返っているいまだからこそ言えることなのだが。

この話の欠くべからざる登場人物は二人だ。

一人は由比ヶ浜結衣《ゆいがはまゆい》。

一人は雪ノ下雪乃《ゆきのしたゆきの》。

とどのつまり、これは徹頭徹尾《てっとうてつび》、彼女たち二人の話だったのだろう。

ゴールデンウィークを目前に控えた五月某日。

ある昼休みから、この悲喜劇は始まる。

×　×　×

それは、なにやら茶色くてグチャグチャしていて、少なくとも口に入れていいような代物《しろもの》にはとても見えなかったのである。

「なぁ、由比ヶ浜？」

「う、うん……」

「……なにコレ？」

と、俺がそのピンク色の可愛《かわい》らしい弁当箱に納められた、謎の物体Xを指して尋ねれば。

「えと、一応、卵焼き……だと思う。たぶん……」

由比ヶ浜からは、そんな自信なげな回答が返ってくる。

そこは、特別棟一階。俺が人知れず毎日のように使っている昼食スポット。

昼休み、いつものように購買パンを貪《むさぼ》っていた俺の前に由比ヶ浜は突然現れたかと思うと、

『ご、ごめん、ヒッキー。ちょっと、見て欲しいものあるんだけど……』

などと言って俺にその物体X……本人が称するところの卵焼きとやらを見せてきたのだが。

「卵焼きって、これが……？」

俺はまじまじとその弁当箱にぽつんと入れられた、おどろおどろしい物質を見つめた。

ちなみに、卵焼きというのは鶏卵をかき混ぜ味付けし、厚みのある長方形状に焼き上げた卵料理のことをいう。別名、厚焼き卵。

そしてなぜ俺がこんな幼稚園児でも知ってるような常識を今更おさらいしたかというと、由《ゆ》比《い》ケ《が》浜《はま》の持ってきたそれがまったくもって卵焼きには見えなかったからである。

もうね、これが本当に卵焼きであるならば日本語が歪む。卵焼きという言葉を再定義する必要がある。金《きん》田《だ》一《いち》京《きよう》助《すけ》さんに相談に伺わないといけないレベル。

などと考えつつ押し黙っていると、沈黙に耐えかねたのか由比ヶ浜がおずおずと口を開いた。

「えと、ヒッキー。これ、どう思う？　その、見た目的にっていうか、なんていうか……」

「ん？　あぁ、まぁそうな。とりあえず俺メシ食ってるから、一旦それしまってくんない？」

「はぁ!?　ちょ、それどーゆー意味だし!?　一応、これも食べ物なんですけど!?」

いやどーゆー意味もこーゆー意味もねぇよ。見たら食欲失《う》せるレベルの視覚の暴力だから言ってんだよ。というか、目下《もつか》それが食べ物であるかは割と謎だぞ。

俺は食べかけだった購買パンを急いで飲み込むと、改めて由比ヶ浜のほうに向き直った。

「……んで？　なんだよそれ？　なんのどんなミラクルを経ると、卵焼きがそんな見た目にマジカルチェンジするんだよ？」

「うっ。どんなって言われても。わかんないけど……」

「はぁ、わかんない？」

「だ、だって、フツーに作ったらこんなんなったっていうか。フツーに卵かき混ぜて、フツーにフライパン入れて……」

「あー、ごめん。つかこれお前が作ったの？　じゃあ納得だわ。そりゃこうなるわ」

「ちょっ、それどーゆー意味だっ⁉」

いやだから、どーゆー意味もこーゆー意味もねぇっての。そのまんまの意味だっての。

と、俺は由比ヶ浜が初めて奉仕部を訪れた日に食べた木炭ライクなクッキーの味を想起する。あの歯を直撃する鉄鉱石みたいな硬度、舌を襲う強烈な苦み……。

そりゃクッキーを作ろうとして木炭を錬成するようなやつだ。卵焼きを作ろうとしてこうなるのも致し方ないだろう。メシマズの錬金術師という称号を贈呈したい気分である。

「つかこれ、七兆歩譲って仮に食い物であったとして、どっちかっつーと卵焼きってよりスクランブルエッグって感じの見た目じゃねぇか？」

卵焼きと呼称するには、あまりにも不定形というか、形がドロドロし過ぎているというか。これで卵焼きを名乗るってちょっと謙虚さが足りないと思う。つーか、ぶっちゃけ図々しい。

「うっ。たしかにそうかもだけど。だ、だって、焼いてるときこう……」

そこで由比ヶ浜は、左手にエアフライパン、右手にエア菜箸《さいばし》を持って薄く焼いた卵をくるっと巻くジェスチャー。

「巻こうとしても、全然うまくいかなくて……」

「はーん、なるほどね」

まぁ、たしかに卵焼きの最大の難関ったらその工程である。モタつくと焦《こ》げるし、焦《あせ》って急ぎ過ぎると卵がしっかり固形化されずグチャグチャになる。

で、それを繰り返して、この視覚の暴力は誕生したわけだ。なんか、SF映画とかにこういうアメーバ状の恐怖の地球外生命体とかいそうである。

「うぅ～……」

見れば、若干言い過ぎてしまったのか、弁当箱片手に由比ヶ浜《ゆいがはま》はもはや涙目だった。

流石《さすが》に婦女子を泣かせるってのも夢見が悪い。少しフォローしといてやろう。

「や、まぁ、つってもアレだ。ぶっちゃけ料理なんて見た目より味だろ、味。キャビアとかだって高級食品扱いされてっけど、あれ真っ黒い小虫の集合体にしか見えねぇしな」

「うわ、言われてみるとそうかも……」

リアルに想像してしまったのか、ぶるっと身体《からだ》を震わせる由比ヶ浜。

だが、事実としてキャビアが珍味として重宝されているように、食い物というのは外観より味が重要なのである。納豆しかり、タコしかり。

つまり、この物体Xだって味さえよければいいという理論、なのだが。

「……でもヒッキー。これ、美味《おい》しいかな？」

「……奇跡に賭けるしかねぇな」

「………………」

ツッコミが返ってこないあたり、そこには反論はないらしい。

俺たちはまるで示し合わせたかのように、再び弁当箱の中に視線を注ぐ。

陽光を浴び不気味な光沢を放つその『卵焼き』とやらは、軽い味見さえ躊躇《ためら》われるほどのおどろおどろしさを、これでもかと醸し出していたのだった。

×　×　×

——そもそもの事の発端はつい数日前に遡《さかのぼ》る。

『そういえば由比ヶ浜さん。あなた、最近は料理とかしているのかしら？』

昼休み、部室で二人仲良く昼食をとっていた折《おり》、雪ノ下《ゆきのした》はそんなことを尋ねてきたという。

『以前、料理にはまったって聞いた記憶があるけれど』

という雪ノ下の言の通り、俺も由比ヶ浜が以前そんなことを言っていたのを憶えている。

たしか、あれは由比ヶ浜が奉仕部を訪れてからしばらく後。

世話になったお礼だと言って、あの禍々《まがまが》しいハート形クッキーを差し入れに来た際。

——や、あたし最近料理にハマってるじゃない？

——いやーやってみると楽しいよねー。今度はお弁当とか作っちゃおうかなーとか。あ、でさ、ゆきのんお昼一緒に食べようよ。

と、たしかこんな感じの発言だったはず。

で、雪ノ下《ゆきのした》からのそんな問いかけに由比ヶ浜《ゆいがはま》は、

『え？　料理？　んーと……うん、勉強中って感じ？』

ちなみに、ここでいう『勉強中』というのは、曰《いわ》く母親が料理しているのをたまに横で見学してる、くらいの意味で真面目に料理の特訓してるとかそういうわけでは特にない。

だっていうのに、由比ヶ浜はつい勢いでこんなことさえ口走った。

『あっ、じゃあさじゃあさ！　今度、ゆきのんの分もお弁当作ってくるよ！　大丈夫、こう見えて結構上達してるはずだから！』

若干不安げな表情を見せたという雪ノ下は、しかし最終的にはそんな申し出に頷《うなず》いて。

『そう。じゃあ、楽しみにしてるわ』

そのときの雪ノ下の言葉に、その微笑《ほほえ》みに、由比ヶ浜は思ったという。

絶対に美味《おい》しい弁当を作って、雪ノ下をびっくりさせよう、と。

そして必ず雪ノ下の期待に応えよう、と。

そうして完成したのが、この『卵焼き』ということなんだが。

「いやお前、なんでそんな無謀な大嘘《うそ》吐《つ》いたんだよ？」

「うっ」

と、そんな俺のツッコミに顔一杯に渋面《じゅうめん》を作った由比ヶ浜は消え入りそうな声で釈明する。

「や、やー、その、嘘吐くつもりは全然なかったっていうか……。最近、ママが料理してるの横で見てたりしてたから、なんかイケるような気がしちゃったっていうか……」

「あ、浅はか過ぎる……」

お前、アレだろ。ネットでゲームのプレイ動画とか見てたら、自分も上手くなったとか勘違いしちゃうタイプだろ。ＦＰＳ界隈《かいわい》によくいるタイプだろ（偏見）。

「うぅ～、ごめんなさい……」

なんて、俺に謝られても困るけど。

しかし、本人的にはテキトーなことを言って雪ノ下から期待を寄せられてしまっていることの状況に罪悪感でもあるのだろう。自業自得過ぎてちょっと同情もしづらいけど。

「つっても、まぁ、もし仮にコレが美味《うま》かったら、丸く収まるんだけどな。結果的に」

「あ！　だよねっ！　もし仮にコレ美味《おい》しかったら、それで丸く収まっちゃうよねっ！　結果的にっ！」

――もし仮にコレが美味かったら。

「「はぁ……」」

俺たちは、どこかで練習してたんですかってくらい見事なシンクロで溜息《ためいき》を吐《つ》いた。

「……てかさ？　もし、ゆきのんがコレ見たらなんて言うかな？」

そして由比ヶ浜《ゆいがはま》は一層表情を暗くして言ったのだった。

「ほらだって、ゆきのんって、ぶっちゃけこういう嘘《うそ》とか嫌いっぽいでしょ？　だから……」

「あー……」

たしかに、雪ノ下《ゆきのした》と言えば、『絶対正義』が座右の銘の冷血女である。この手のテキトー発言には、かなり厳しそう。その上、こんな見るも無残な卵焼きを見たら、一体どんな毒舌で苦しめられるやら。想像するだに恐ろしい……。

「ま、まぁ、でもこの卵焼きが美味《うま》いって可能性もまだ残ってるからな、微妙に」

「だ、だよねっ！　コレが美味《おい》しいって可能性まだあるもんね！　微妙に！」

——微妙に。

言い換えれば、そのパターンは微妙にしか残っていないともいえるが。

「よ、よしっ！」

そうと決まれば、とばかりに由比ヶ浜は俺の隣に腰を下ろして、右手に箸《はし》を持つ。

とうとう味見する気になったらしい。わずかな勝率に賭ける勝負師の鑑《かがみ》のような女である。

いざ……、と卵焼きを摑《つか》もうとして、しかしほとんどゲル状になっているそれは箸の間をにゅるりと滑り抜けた。

「…………………………………」

そのあまりのビジュアルに、俺たちは顔を見合わせ絶句した。

ヤバい。いまの箸から滑り落ちるときのドロッとした感じ。なんか摂取したら身体《からだ》の諸器官に異常を来しそう。どころか知らず知らずのうちに意識とか乗っ取られそう、ヴェノム的ななにかに。

「だ、大丈夫。たぶん大丈夫だから……」

由比ヶ浜はうるうるとした目で自分にそう言い聞かせる。そんな追い詰められるくらいなら食わなきゃいいのに……。つか、自分で作った料理にそこまで追い詰められるってどうなんだよ。などと考えつつ、俺は溜息ひとつ。ほら、と右手を由比ヶ浜に差し出した。

「へ？」

「……まぁ、購買パンだけじゃ物足りなかったしな。毒味くらいならしてやらんでもねぇよ」

「ヒッキー。で、でも……」

毒味役を任せるのに抵抗があるのか、申し訳なさそうな顔をする由比ヶ浜に、ほら、ともう一度右手を差し出して、半ば奪い取るみたいに弁当箱を受け取る。

「ご、ごめん。ありがと」

小さくそう言った由比ヶ浜に頷《うなず》くと、俺はその『卵焼き』に箸を立てた。

すくい取るようにして、器用にそれを持ち上げる。

「……っ」

固唾《かたず》を呑《の》む由比ヶ浜《ゆいがはま》に見守られながら、俺はそれを口内に流し込んで──。

──後に『由比ヶ浜手作り弁当事変』と（俺界隈《かいわい》で）呼ばれることになる、この一件。

例の卵焼きが俺にもたらした味について、あえて言及はすまい。思い出すと暗澹《あんたん》とした気分になるから。それに、どのみち具体的には筆舌に尽くしがたい。

その日の放課後。奉仕部の部室にて。

「……あのさ、雪ノ下《ゆきのした》？　たとえばの話なんだけどさ」

一人、読書中だった雪ノ下に俺は尋ねたのである。

「たとえば、もし友達が『高級フレンチ食わせてやるよ！』って約束してたのに、急にミニ四駆のタイヤのゴムとか食わせてきたら、お前どう思う？」

この最後の比喩の部分は、『ゴムタイヤ』じゃなくても、各人それに準ずる、もしくはそれ以上に強烈ななにかしらを当てはめてもらっても構わない。あの卵焼きはそんな比喩ですら生ぬるい味わいだったのだ。

そして、そんな俺の唐突な問いに、雪ノ下は『急に何の話？』とでも言いたげに、可愛《かわい》らしくきょとんと首を傾《かし》げて。

「勿論《もちろん》、絶交すると思うけれど」

バッサリとそう切り捨てるように言ったのだった。

ですよね……。

×　×　×

あの恐怖の卵焼きについて、由比ヶ浜は斯《か》く語った。

『やー、ほら、お弁当って言ったら卵焼きでしょ？　それで、卵焼きならうんと甘いのがいいなって思って』

『あとね、前にネットで見たんだけど、卵焼きに牛乳いれたら、すごいふんわりに仕上がるんだって』

『でも、冷蔵庫見たら牛乳切れてて、だから代わりに――』

――代わりにあったコーヒー牛乳を入れたらしい。

もうね、その発想がアバウト。『牛乳ないならコーヒー牛乳入れちゃえばいいじゃん。甘いから砂糖の代わりにもなるし』っていうその発想、超アバウトだし超アウト。

あんなものを食わせたとしたら、マジで雪ノ下だって由比ヶ浜とは絶交しちまうかもしれない、と思うレベル。

それほどに、それほどまでに、由比ヶ浜《ゆいがはま》の料理の味はアレだった。

とにかく、雪ノ下《ゆきのした》との約束については忘れてしまったほうがお互いの為だと思うのだが、しかし由比ヶ浜はそれとは正に反対のことを考えていたようで――。


『――努力は立派な解決法よ。正しいやり方をすればね』

なんてことを、いつか雪ノ下は言っていた。

なるほど、それは、いかにもあの女らしい正論である。そして、そんな正論が或《あ》るいはこの苦境において、由比ヶ浜の頭に木霊《こだま》として返ってきていたのかもしれない。

「努力は立派な解決法、か……」

奉仕部での活動を終えて、帰り際、ちょうど二人きりになったタイミングで由比ヶ浜は急にそんなことを呟《つぶや》いたかと思うと。

「ヒッキー、私、決めた」

と。

「ちゃんと、ゆきのんに美味《おい》しいって言ってもらえるお弁当作れるように特訓してみる」

グッと拳《こぶし》を握って高らかにそう宣言したのだった。

「へぇー。じゃ、頑張れよ。また明日な」

そして、俺はクールにそう言い残して家に帰ったのだった。

「って、ヒッキー!?　ちょっ、待ってよ！」

ごめん訂正。帰ろうとしたけど、思い切り裾《すそ》を引っ張られて阻止されてしまった。比企谷八《ひきがやはち》幡《まん》はクールに去りたかったぜ……（願望）。

「てか、なんでそんなソッコー帰ろうとすんのっ!?　ちょっとくらい話に付き合ってくれてもいいじゃんっ！」

「あほか、お前。俺はいつだって、帰宅に情熱のすべてを傾けてんだよ。一刻も早く家に帰りてぇ。可能なら実家から一歩も出たくねぇ。自立もできればしたくねぇ」

あと、ついでに付け加えるならば、お前のその事情に金輪際《こんりんざい》関わりたくねぇ。

それほどに、あの卵焼きは俺にとってトラウマだった。

というか、あのあと俺に続いて食べた由比ヶ浜だって泣いてた。あんな悲劇は二度と繰り返してはならない。

「いいか、よく聞け由比ヶ浜？」

俺はくるりと方向転換。子供に諭すように、優しく説いてやった。

いいか？　日本という飽食社会にあっては忘れがちなことだが、世界には食糧難という大きな問題が横たわっているんだ。そして、そんな世界において食うに困らない生活を送る俺たちはとても尊い幸福を享受していることを自覚しなければいけない。故にこそ、食べ物は決して粗末にしてはいけない。給食も残しちゃいけない。そしてお前の卵焼きは貧しい国の飢えかけた子供たちでさえ『これ不味《まず》いからいらねぇ』つって残すレベルだから、二度と料理とかしてはいけない。それが、ひいてはこの世界の……。

「あっ、そうだ。前にクッキー作ったときみたいに、調理実習室また借りられないかな？　ちょっと平塚《ひらつか》先生に相談してみよっか」

聞いちゃいねぇ。まぁいい、勝手にしてくれ。どうせ俺に関係ないし。

比企谷《ひきがや》二等兵はこれより帰投する。交信終了。

「へ？　どこ行くの？　ヒッキーも手伝ってくれるでしょ？」

いやいや、ご冗談を。俺がそんなヤバそうな事案に首を突っ込むわけがない。じゃあな……と今度こそクールに去りたかったのだが、結局、職員室まで無理矢理付き合わされてしまったどうも俺です。

「ほう、比企谷。感心だな。まさか君が進んでこういった事態に助力するとは。なるほど、奉仕部での活動は君に少なからず良い影響を与えているようだ」

などと、ざっくり事情を聞いて二つ返事で貸し出しOKしてくれた平塚先生は顔を綻《ほころ》ばせていたけれど、いやいや、だからご冗談を。俺もうマジで帰らせてもらうから。家に帰ってゴロゴロしたいから。

「といっても、これも奉仕部での活動の延長戦のようなものだからな。どの道、君に拒否権などなかったが」

なかったのかよ、拒否権……。

俺はがっくり肩を落とす。まぁ、なんとなくこんなオチだろうなとは思ってたけど。

×　×　×

目標は美味《おい》しいお弁当を……とまでは高望みしなくとも、多少不細工でもせめて食べられるくらいの弁当を由比ヶ浜《ゆいがはま》が作れるようになること。

そんなささやかなゴールを目指し、『（舌と胃袋の）限界を目指せ！　ヒミツの由比ヶ浜クッキング～地獄変～』とでも銘打ちたい極秘ミッションは開始した……らしい。知らんけど。

「よっし！　じゃあ頑張る！　明日から！」

「おい、出だしからその微妙な気合いの入れ方やめろ」

不安しか感じねぇ。

とはいえ、巻き込まれてしまった以上はこちらも真剣にやらざるを得ないんですけどね。関わった以上は責任を果たす、的なカッコいい動機ではなく、単純にこいつの料理とか食わされてたら命に関わりそうなので、本気で手伝わないと身の危険を感じる的な理由で。

と、まぁ、そんなわけでついに始まりました『GAHAMA'Sキッチン』のお時間です。

×　×　×

翌日、奉仕部での活動を終え、秘密裏に調理実習室に集まった俺たちは早速特訓に取り掛かった。

「では、由比ヶ浜《ゆいがはま》先生、本日のメニューのほうは？」

俺は料理番組のアシスタントの態を装《よそお》ってそう尋ねた。ちなみに尋ねてみたはいいけども、別にアシスタント役として野菜切ったりするつもりとかは特にないです。

「えっと、一応今回はお弁当用のミニハンバーグに挑戦してみようかなって……」

そう言って由比ヶ浜は、家から持参し、日中は冷蔵庫にて保管させてもらっていた各種材料（挽き肉、玉ねぎ、パン粉、卵、その他諸々）を並べ始める。聞けば、一応クックパッドにあったレシピを予《あらかじ》め読み込んで来たらしい。材料は問題なく揃《そろ》っているように見える。

「よしっ。じゃあ、始めるからヒッキー見ててね！」

というわけで、調理スタート。

俺はひとまずは口出しせず静観するスタンスで、由比ヶ浜の調理風景を見学した。

ここで一通りハンバーグの作り方をおさらいしよう。

①玉ねぎをみじん切りにし、フライパンなどで火を通します。
②挽き肉をボウルに移し、各種材料、調味料とともに①で炒めた玉ねぎを混ぜ、よくこねます。
③完成したタネを手頃な大きさに成形し、空気を抜きます。
④油をひいたフライパンで、こんがり焼き上げ完成です。

と、まぁ一般的なハンバーグの作り方といえばこんな感じだ。

で、ここからが由比ヶ浜が実際に踏んだ手順。

①挽き肉をボウルに入れ、水で洗います。

「——!?!?!?」

え？　え、あの人、初っ端《しょぱな》からなにやってんの？　挽き肉を？　水で？　洗ってる？　はい？

もしかしてこれ、幻覚？　あそこに挽き肉を洗ってるホモサピエンスが見えるんだけど、これ俺の頭がおかしくなっちゃったの？　それとも由比ヶ浜の頭がおかしくなっちゃったの？

「あのー、由比ヶ浜さん？」

俺が声をかけると、由比ヶ浜《ゆいがはま》は「へ？　なに？」と素のテンションで聞き返してくる。最早、その素の反応が逆に恐怖だった。

「えっとですね、いまちょっとなにされてるのかなーって……」

「はぁ？　なにって見ればわかるじゃん？　お肉の下処理してるの」

お肉の、下処理を……？　水で……？

混乱で思考回路がショート寸前の俺に、しかし由比ヶ浜はふふーんとドヤ顔で言い放つ。

「前に、ママがレバニラ作るときお肉洗ってるの見て『へー、お肉って洗うんだー』ってビックリしてさ。それで憶えてたの」

どう？　すごくない？　すごくない？　褒《ほ》めてよくない？　みたいな、それはもうキラッキラしたお目々でそんなこと仰《おつしや》る由比ヶ浜さん。

ええ、そうですね。レバーなんかの内臓系は洗いますよね、血抜きしなきゃですもんね、でも挽き肉の場合はどうかなぁ、洗ってもいいのかなぁ、絶対ロクなことにならないと思うなぁ。

……由比ヶ浜母、あなたは少しも悪くない。悪いのはお子さんの頭です。

そして、水洗いした挽き肉でハンバーグを作るとどうなるか、非常に気になるところなのだが、こちらは概ね予想通りの結果となった。

致命的だったのは、水でビシャビシャになった挽き肉のせいでハンバーグにおける「つなぎ」の部分が上手く機能しなかったことだろう。そのせいで、楕円形にタネをまとめることさえ難しく、いざフライパンで熱すると、案の定、ぼろぼろとあっという間に形を崩していった。

結果、フライパンに残ったのは真っ黒に焼け焦《こ》げた、元挽き肉のなにか……。
Q．これはハンバーグですか？　A．いいえ、ただの発ガン性物質です。
「えぇっ!?　なんでっ!?　ちゃんとレシピ通りにやったのにっ！」

やってねぇよ。どこのレシピに挽き肉洗えって書いてあんだよ。

言っとくけど、どのレシピ本にも『挽き肉は洗わないでください』的な注意書きがないのは
それが言うまでもなくこの世の常識になってるからだぞ。

などと直に俺が言えないのは優しさからだろうか？　それともただの現実逃避だろうか？

そんな自問に答えが出る気配はないが、とりあえず俺は慰めの言葉を送った。

「……まぁ、でも見た感じ火は通ってるっぽいし、食えなくもないんじゃね？」

「あっ、うん。だよねっ！　意外に食べてみたら美味《おい》しいってパターンもあるよねっ！」

ないない、それはない。というか、若干褒められたみたいに嬉しげな表情してるけど違うから。肉に火を通すなんて原始人でもやってたことだから。全然褒めてないから……。

はてさて、ともあれひとまず料理は完成したのだからまずは味見を、という流れなのだが。

「実は、今日のために助っ人を呼んでんだよ」

と、俺はそう告げた。

というのも、由比ヶ浜《ゆいがはま》の特訓に付き合うのはいいのだが、料理の指導が務まるほど俺に知識はない。その上、おそらくこれから大量に生産されるであろう由比ヶ浜の失敗作を俺たち二人だけで味見するとなると、精神的にも身体的にもつらいものがあるだろう。由比ヶ浜の料理とか、あまり大量に食べると身体《からだ》に悪影響とかありそうだし。

そういうわけで、誠に勝手ながら今日は助っ人を呼ばせてもらった。しかも、ただの助っ人ではない。最強の味見係と言ってもいい、とっておきの助っ人である。

「え、最強の味見係って、それ……」

誰？　そう由比ヶ浜が言いかけた、丁度その瞬間。

スパコーン！　と勢いよく扉が開いた。

ぬぅっと、そこに現れたのは、ずんぐりボディが特徴的なあの男。

そいつは、ばさぁっ！　とこの季節に着込んだコートを派手にはためかせ、ついでに眼鏡《めがね》をキラーンと輝かせる。

俺と目が合うやいなや、その男は無駄に良い声でこう言った。

「……女子の手料理が食べられると聞いたが、ここで相違ないな？　好敵手《親友》よ？」

——最強の味見係こと材木座義輝《ざいもくざよしてる》、推参である。

「もはは！　我《われ》に任せておけ！　なぁに、こんな見た目でも食って食えぬことはあるまいて！　女子の手料理ならば、多少マズかろうと完食する覚悟が、我にはあるッ!!」

と、最強の味見係こと材木座は登場するなり、そんな気持ち悪過ぎる台詞《せりふ》を吐いたのだった。

しかし、今日に限っていえば、そんな材木座の気持ち悪さが逆に心強い。

「頼もしいぜ、材木座。俺たちはお前のような人材を待っていた」

「な、なぬっ!?」

珍しい俺からのストレートな誉め言葉に、材木座はカッと目を瞠《みは》る。

「は、八幡《はちまん》……。我を、我をそこまで必要としてくれるのか……？　この頃、母親にもちょっと鬱陶《うっとう》しがられている、こんな我を……？」

「あぁ、今こそお前の能力が必要なんだ。剣豪将軍としての、お前の能力《チカラ》がな……」

はちま――――んっ!!　材木座はあまりの感激に男泣きした。ガシッと熱い抱擁《ほうよう》を交わしかねない勢いだったが、それはやめておいた。

いや、ほらだって暑苦しいし。男同士でそういうのって、ちょっときついし。

「つーわけで、由比ヶ浜。お前もガンガン作って、ガンガン失敗していいぞ。材木座が死ぬ一歩手前まで食ってくれるから」

「え？　あ、あー、うん。じゃあ、頑張る……」

そんな俺の言葉に、由比ヶ浜《ゆいがはま》は、それはそれは世にも微妙な顔で頷《うなず》いていた。

と、まぁ、こんな感じでルンルン気分の材木座《ざいもくざ》だったのだが、しかし、そのわずか一時間後。

「あの、ホント、もう勘弁してください……。辛《つら》いです……。辞めたいです……」

劇的ビフォーアフター。なんということでしょう？　材木座は真っ白に燃え尽きていた。

それもそのはず。由比ヶ浜が次こそは成功させようとハンバーグ作りに挑戦し、地獄のような失敗作が出来上がる度、その味見をしたのだ。

「ぶほぉう！　おい八幡《はちまん》、なんだコレは!?　なにやら飲み込んではならんタイプの面妖《めんよう》な味が……あ、いや、もはは。とは言っても、食べられないほどではないがなっ！」

と、最初こそそんな見栄を張る余裕もあればこそ。

しかし、由比ヶ浜が挑戦を重ね、その失敗作を食べる度、そんなものはガラガラと音を立てて崩れ去って行き。

「……こ、これは、その、まぁ、なんだ。うむ。食えぬこともあるまいて。かつて味わったことのない玄妙さが肉に……あ、いや二口目は結構です。大丈夫です（二回目）」

「食べねば死ぬ、食べねば死ぬぞ我《われ》。頑張れ我。負けるんじゃない我。こんなところで死ぬわけにはいかぬぞ我……（五回目）」

「挽き肉……死……（十回目）」

ご覧の有様である。俺の知り合いで、唯一この役目を喜んで引き受けてくれそう、かつ由比ヶ浜の料理を食わせても一ミリも心が痛まない貴重な人材と見込んで協力を仰いだのだが、実際にこうなってしまうとただただ胸が痛い。

「悪かったな。今日はもう休んでくれ。助かったぜ……」

今度ばかりは、心からの礼を言わざるを得なかった。俺の人生においてこんなにも素直に材木座に礼を言う日が来ようとは自分でも驚きである。

「うぅ〜。ごめん、中二……」

と、由比ヶ浜当人も軽く涙目で謝罪する。いや謝罪するときくらい中二呼びせず本名で呼んであげて欲しい。

とまれ、これ以上の続行は不可能と判断せざるを得ない。今日はここらが潮時だろう。

とても悲しい事件だった……。アンニュイな気持ちで、俺たちは家路についたのだった。

×　　×　　×

そんな悲しい出来事はありつつも、ところがどっこい、それで諦めるわけにもいかない。材木座の屍《しかばね》を（踏んづけて）越えて行け。

というわけでご好評頂き早くも第二回『GAHAMA'Sキッチン』のお時間です。

「本日は、なんとゲストの先生をお呼びしています」

と、俺は昨日に引き続き料理番組のアシスタント風にそう言った。ちなみに昨日に引き続き、アシスタント役として野菜切ったりするつもりとかは特にないです。

「へ？　てか、今日も誰か助っ人呼んでるの？」

「おう。しかも、今回はネタ枠で呼んだ材木座《ざいもくざ》と違って、ゴリゴリ指導係として呼んでっからな。期待していいと思うぞ」

「あ、うん。てか、昨日中二呼んだのってネタ枠としてだったんだ……」

いや、まぁね、結果的にそうなっちゃったからね、しょうがないね。

だが、言ってしまえば昨日はあくまで小手調べみたいなもの。塾の講師だって指導する前に、生徒がどの程度の実力を持ってるか把握しておくものだろう。よく知らんけど、たぶんそういう感じのアレ。

つまり、実質今日からが由比ケ浜《ゆいがはま》の料理特訓の本番というわけである。

「それで、その指導係って誰なん？　料理とか得意な人？」

「ん？　あぁ、いやよく知らねぇ」

「よく知らないって、ヒッキーそれ……」

と、由比ケ浜は呆《あき》れ顔だが、残念ながら本当によく知らないのだ。

ただ、いい歳だから料理くらい上手くあってくれという願いを込めてお呼び立てしてみた。別の言い方をすると、俺の交友範囲で料理上手かつこの場に呼べそうな人材が他にいなかった。

「まぁ安心しろよ。なんだかんだ言って料理くらいこなせる人だと思うから。じゃなきゃ、ホントに婚期逃しそうで可哀相過ぎる……」

「おい、聞こえているぞ、比企谷《ひきがや》……」

そんなドスの利いた声が聞こえたのと、ガラッと調理実習室の扉が開いたのがほぼ同時。

本日のゲストこと、指導係の平塚《ひらつか》先生は額に青筋を立て鬼の形相でこちらを睨《にら》んでいた。

×　×　×

「いや、その、アレだぞ？　言っておくが、一人暮らしの成人女性全員が完璧《かんぺき》に料理をこなせるというのは間違った認識でだな……」

などと、今回の事情を先んじて承知していた平塚先生は、かなり微妙な表情をして限りなく言い訳臭い言葉を並べ立てていた。

「はぁ、じゃあ、先生やっぱ無理なんすか？」

「ば、馬鹿を言え比企谷！　料理が出来ないくらいで無理と諦めていて結婚が出来るか！」

「いえ、あの結婚《そっち》じゃなくて……」

無理なんすか、と聞いたのは結婚ではなく、料理のほうだったんですけど。

年齢的にそこら辺過敏になっちゃってるだろうから致し方ないとはいえ、そういう生々しい焦燥《しょうそう》感見せつけられるとこっちもつらいものがある。ホント、誰かこの人もらってやってくれ……。

「てか、ヒッキー、さっきから失礼だよっ！　平塚《ひらつか》先生、独り身長いし料理くらい出来るに決まっててんじゃゃんっ！」

「ぐはぁっ！」

そして、そんな由比ヶ浜《ゆいがはま》の悪意なきフォローに、気づけば平塚先生は的確なブローをもらったボクサーのように膝をついていた。

「おい、由比ヶ浜。お前、そこデリケートな話題なんだから、独身歴長いみたいな的確なことあんま言うなよ。先生、完全にトドメ刺されちゃってんじゃねぇか」

「えぇっ!?　や、ちがくてっ！　ほら、先生ってしっかりしてそうだし……。あー、そ、そう！　結婚とか一生出来なくても、先生しっかりしてるし絶対大丈夫っ！」

「ぐはぁっ！」

車で一回轢《ひ》いたあとバックしてもう一回轢く、みたいな由比ヶ浜の痛烈な二の矢に、平塚先生はもう虫の息だった。おい、こいつマジでフォローしようとしてこれなの？　それとも実は平塚先生が嫌いで自殺に追い込もうとしてるの？

「もう、もうやめるんだ由比ヶ浜。悪意がない分、余計つらい……」

ガクッ、と脱力する平塚先生を見て、教師いじめはよくないと思いました。まる。


と、そんなやりとりはともかく。

「それで、マジな話、平塚先生に料理とかって出来るんすか？」

そう尋ねると、先ほどとは打って変わって自信ありげに平塚先生は答える。

「あまり私を見くびるなよ比企谷《ひきがや》。得意とまで言える腕前かどうかはわからんが、しかし、『食戟《しょくげき》のソーマ』と『中華一番』は全巻読破している」

「そ、そうすか……」

なんか読んでる漫画の年代差エグくて、年齢感じずにはいられねぇ。つか読んでる料理漫画と料理の腕に相関関係はないと思う。

「えっと、じゃあ今日はなにを？」

「うむ。定番だが、ここはひとつ炒飯《チャーハン》はどうかと思ってな。材料も一通り揃《そろ》えてきた」

「あー、いいっすね。弁当に入ってる冷えた炒飯って、逆に美味《うま》かったりしますもんね」

「ふっ。だろう？　まぁ、私に任せておけ」

ニヤリと平塚先生は笑う。

そんなこんなでGAHAMA'Sキッチン改め、HIRA'Sキッチン開始である。

「材料はコレだ」

そう言って平塚《ひらつか》先生が調理台に置いたのは、『冷凍ご飯』『豚バラ肉』『エ○ラ黄金の味』の三つだった。

「って、ええ!? これがチャーハンの材料なんですかっ!?」

と、由比ヶ浜《ゆいがはま》も驚愕《きようがく》する。ちなみにその横で俺も「ええ!?」と驚愕する。

「あの先生、これもしかして、すごい高度なギャグだったりします?」

「落ち着け、比企谷《ひきがや》。そのリアクションももっともだが、まぁ見ていろ。こ、これが――」

そう言って平塚先生は『エ○ラ黄金の味』の白いキャップをとんと指先で叩《たた》く。

「これが、チャーハンに魔法をかけてくれるのをな」

なにそのセリフ、超カッコいい……。絶対この人、昨日『食戟《しよくげき》のソーマ』読んで来てるよ……。これ絶対言いたくて温めてたやつだよ……。


それからわずか十分後。

「完成だ。これぞ、お食事処ひらつか・裏メニュー『特製エ○ラ黄金炒飯《チャーハン》』だ」

お上がりよ! と、平塚先生はその『炒飯』を俺たちの前に差し出す。

その調理法は、『フライパンで肉を焼く(焼きタレどばー)→米を投入(焼きタレどばー)

↓盛り付ける（焼きタレどばー）』という大方の予想通りのテキトーっぷりだった。貧乏な男子大学生とかフリーターが、自炊と称してこういう滅茶苦茶な料理とかしてそうである。

山ほどあるツッコミどころを飲み込んで俺たちはレンゲを片手に実食に移った。

で、肝心のお味のほうはというと。

「……む、無駄に美味《うめ》ぇ。おい由比ヶ浜《ゆいがはま》、お前も食ってみろよ。焼きタレの味しかしなくてマジで美味ぇぞ」

「え、それ褒《ほ》め言葉なの？　……って、ホントだ、焼きタレの味しかしない！　美味《おい》しいっ！」

エ○ラすげぇ、黄金の味うめぇと言いながら気づけば俺たちはあっという間にその黄金炒飯《チャーハン》とやらを完食していた。その様子に平塚《ひらつか》先生もこれ以上ないくらいのドヤ顔で。

「ふっ。どうだ、これで私の実力がよくわかっただろう？」

いえ、あのすみません、美味《うま》いとは思いますけど、これ先生じゃなくエ○ラの実力なんで。国内トップランナーである大企業の実力なんで。口ん中、焼きタレの味しかしないし。

「つーか先生、こんなおっさん臭いもんばっか作ってたらマジで婚期逃しますよ？」

「なん……だと……っ!?」

驚愕《きょうがく》に崩れ落ちる料理人改め・アラサー女教師こと平塚先生。

先生が結婚出来ない理由がよくわかる、実に男飯的な一皿だった。

ホント、誰かこの人、もらってあげて欲しい。焼きタレ炒飯とか出されても引かずに笑顔で食べてあげられる器のでかい男性、待ってます。

「……てかさ？」

と、空になった皿を見つつ由比ヶ浜も思い出したように言う。

「てかさ？　よく考えたらだけど、ゆきのんにコレは出せなくない？　絶対呆《あき》れられるよ……」

た、たしかに……。

×　×　×

昨日の材木座《ざいもくざ》に続き、本日の助っ人である平塚先生も見事撃沈。

これには流石《さすが》に由比ヶ浜も焦《あせ》りを感じてしまったらしい。

「はぁ～。ホントにこんな調子で上手くいくのかな……」

なんて、酷《ひど》く気落ちしたようにそう漏らしていた。なるほど、たしかにそれはその通りだろう。他に頼れそうな相手もなし、一見これで万策尽きたかのようにも思える。

だがしかし、あと一人、頼りになる男が残っているのを忘れてはいないだろうか？

「へっ!?　どこどこっ!?　どこいるのっ!?　誰それっ!?」

「いや、俺ですけど……」

「えー……」

立候補した途端、表情＋声の合わせ技でこれでもかとガッカリされたけど。

「だって、ヒッキー、カレーくらいしか作れないんでしょ？」

「ばっか、お前、俺が本気だしゃカレー以外も余裕だっつの。弁当とか朝飯前だっつの」

「えー……」

自信満々に言った途端、表情＋声の合わせ技でこれでもかと期待薄感を出されたけど。

「はっ、まぁ見てろ。俺が明日、お前に本物の『弁当』ってもんを教えてやるよ」

などと、俺は自信満々に宣言してやった。

というのも、俺にはとっておきの秘策があったのである。


翌日の放課後。

調理実習室のテーブルの上には、弁当に相応《ふさわ》しい食品の数々——海苔のパリッと感を見事に残したおにぎり（具は鮭）や、子供に大人気のミートボール、弁当の顔とも言うべきジューシーな鶏のからあげ、ふっくらとしたミニオムレツなどその他諸々が、どれも完璧《かんぺき》といっていい出来映《ば》えで並んでいた。

「え、うそ……？　これ、ホントにヒッキーが作ったの？　全部？」

と、調理実習室にやってきた由比ケ浜《ゆいがはま》は、その一品一品を見て驚愕《きょうがく》の声を上げる。

「うわやば……。めっちゃ見た目綺麗《きれい》じゃん……」

なんて感嘆する由比ヶ浜に、そうだろうそうだろうと俺は頷《うなず》き返す。

次いで、用意していた割り箸《ばし》を差し出して。

「まぁ、食べてみろよ。見た目だけじゃなくて、味のほうも自信作だからな」

という言葉の通り、料理の評判は実に上々だった。おにぎり、ミートボール、からあげ、コロッケ。順にひとつずつ味わっていき、その都度、美味《おい》しい美味《おい》しいと連呼する由比ヶ浜。

「いやぁ、ヒッキーすごいねっ！　実は料理上手だったとか、ちょっと尊敬するるっ！」

などと、一通りの味見を終えると、その両目をキラキラさせて言った。

流石《さすが》に、そうストレートに褒《ほ》められると、こっちも面映《おもは》ゆいものがある。

しかし、そんな風に感動している由比ヶ浜だって、俺が用意したこの『秘策』を用いればこれくらい簡単に作れるようになるのだ。百パーセント、確実に。

「えっ、ホントに？」

「あぁ、間違いなくな」

答えた瞬間、ぱぁと顔を綻《ほころ》ばせてガッツポーズする由比ヶ浜。

「で、その『秘策』っての使うと、どれくらいでこういうの作れるようになれんの？」

「ん？　ああいや、マジですぐだよ。これ作んのに、たぶん正味十五分くらいしかかかってねえし、お前もそんくらいで出来るようになんじゃね？」

「そんなすぐにこんな美味《おい》しいやつ出来ちゃうのっ!?」

「おー、まぁな」

す、すご……魔法じゃん……。あまりの感動にぷるぷると震《ふる》えながら由比ヶ浜《ゆいがはま》がそうこぼすので、「いやまったくその通りだな」と俺もうんうん頷《うなず》いた。

「まったく、マジですげぇよな、『セ〇ンプレミアム』って。簡単便利にこんな美味《うま》いの出来ちまうとか、やっぱハンパねぇわ。ハンパねぇ企業努力感じるわ」

「……………………は？」

「いやぁ、マジで国内コンビニエンスストア№1誇るだけあるわ。やっぱ冷凍食品のクオリテイがちげぇわ。たぶん毎日食っても飽きねぇからコレ。セ〇ンイレブン良い気分だからコレ」

「は？　え？　ちょ待って？　ちょ待って？　それって、え？」

まるで混乱したかのように、ちょっと待ってちょっと待ってと繰り返し、由比ヶ浜は掌《てのひら》をこちらに向ける。

「……え、じゃあ、もしかしてこれ全部冷凍食品なのっ⁉」

「あ？　もしかしなくても全部冷凍食品だけど？」

いや、正確にはおにぎりだけは違うのだが、しかしそれ以外はオール冷凍食品。なんて補足が由比ヶ浜の耳に届いたかどうかはわからない。

「………………………………」

衝撃故か、あんぐり口を開けたまま由比ヶ浜は石像のように硬直していたから。もしかしたら脈すら止まっちゃってるまである。

かと思いきや、次の瞬間、意識を取り戻した由比ヶ浜はあらん限りの声で叫んでいた。

「……ひ、ヒッキーのばか！　あほっ！　すかたんっ！　冷凍食品とか意味ないじゃんっ！　全然一ミリも手作りじゃないじゃんっ⁉」

「あぁ？　お前、全国のお母さん方が、どれだけ冷凍食品を弁当にぶち込んでると思ってんだよ。重要なのは手作りかどうかじゃなくて、気持ちなんだよ、気持ち」

「いや気持ちとかまったくこもってないよっ！　電子レンジでチンじゃんっ！　仮にこもってたとしても、それどっちかっていうとセ○イレの工場の人のやつじゃんっ！」

「いやいや、俺のもすげぇこもってるっつの。とんでもなく深い愛情込めて、６００Ｗで二分のボタン押したっての」

などという俺の主張は些《いささ》かも受け入れられることもなく。

「うわ――――ん！　ヒッキーのばかぁ――――っ！」

と、ついには大号泣とともに由比ヶ浜は調理実習室を出て行ってしまった。

なんかもう、夕日に向かって走って行ってしまいそうな勢い。そのままブラジルまで完走して幸せに暮らして欲しい。

かくして、GAHAMA'Sキッチンならぬ、HACHI'Sキッチンは静かにその幕を閉じたのだった。

×　×　×

——万策尽きた。今度こそ。

材木座《ざいもくざ》、平塚《ひらつか》先生、俺とものの見事になんの役にも立たず、ヒミツの料理特訓は三日で早くも瓦解《がかい》した形である。

「……もう、こうなったら地道にやるしかないよね」

由比ケ浜《ゆいがはま》はとても不安げな声でそう漏らす。

地道に、つまり正攻法で。言うは易いがそれが最も険しき道なのは言うまでもない。えてして正道とは悪路なのだ。

そして、その日からが本当の地獄だった。

弁当メニューでありながら、素人《しろうと》でも簡単に作れそうなおかずを片っ端から試していき、俺もない知恵を絞って手伝いながら練習に付き合うのだが、その結果は死屍累々《ししるいるい》。

この段になって、俺たちは初めて『弁当』というものの難しさを知った。

あの小さな箱を満たすには、少なくとも数種類以上のおかずを詰め込まなければならない。

たとえば、俺が提案したように一品二品、冷凍食品の力を借りたとしても、あのわずか十数センチ四方の箱はそう簡単には埋まらない。数種類どころか、ひとつたりとも上手く調理できる品目のない俺たちにとって、あの可愛《かわい》らしい弁当箱は、五十メートルプールにも等しい巨大さにさえ思えた。全国のお母さんたちが負う常からの苦労が察せられて余りある苦行である。

　そんな苦行が、とうとう一週間続いた。

「はぁ。ダメだぁ……ぜんっぜん上手くいかない……」

もうこれで何度目だろうか。由比ヶ浜が、出来上がった料理を食べて顔をしかめる。

その顔は表情も相まって、どこか血色が悪いようにも見えた。おそらく、こうして毎日のように失敗作の味見ばかりしていることが祟《たた》って、普通の食事が疎《おろそ》かになっているのだろう。この頃では、俺に悪いからと言ってほとんど自分で味見をしているのだ。

「おい、大丈夫かよ？　お前、最近マジで調子悪そうだぞ」

「へ？　そ、そうかな。いやぁ、別にそんなことないんだけど。はは……」

てか、ごめん、次の作ってくるね。そう言って、とてとて由比ヶ浜は調理台へと戻っていく。

この感じだと、また失敗作を増やすことになるだろう。

どれ、俺もちょっと手伝ってやりますかね。と、コンロの前に立つ由比ヶ浜の横につく。

本日挑戦してるのは、初心に帰って卵焼きだ。由比ヶ浜は卵をひとつずつボウルのなかに割り入れていく。

「っと、待った。いま殻入ったぞ」

「え、うそっ!?　どこ?」

「ほれ、ここに小っさいのが。……つかさ、由比ヶ浜《ゆいがはま》?」

と、俺はボウルの底に沈む殻の破片を指差しながら、尋ねる。

「これすげー今更な話なんだけど、雪ノ下《ゆきのした》だって今頃あんな約束したことすっかり忘れてんじゃねぇか?」

あんな約束、ってのは無論『弁当を作ってくる』っていうそもそも発端になっている例の約束のことなんだが。

そんなことを尋ねたのは、その程度のちょっとした会話なんて忘れててもおかしくないと、実際に思ってるのも半分。先行きの見えないこの特訓がしんどくなってきたってのも半分。

というか俺以上に、由比ヶ浜だってそろそろ辛《つら》くなってきてるはずだ。

俺のことを巻き込んだ手前、諦めると言い出しづらいのなら気にしなくてもいいという、言外の提案の意もあった。が、しかし。

「や、やー、たしかにそうかもだけど……」

しかし、由比ヶ浜は、あの取り繕うような困ったような表情を浮かべて言った。

「でもやっぱ、約束は約束、だし。ゆきのんが忘れてても、私のほうは覚えてるし。だから、そーゆーのは関係ない、かな……」

直後、はっと気づいたように慌てて付け足す。

「あ！　でも、ヒッキーがキツかったら大丈夫だから！　全然帰っちゃってもOKだから！」

などと、俺の言い方も悪かったのだろう、変に気遣われてしまったのは、ちょっと不覚。

だけど、もっと不覚だったのはそんなことではなくて。

約束を破って、それで雪ノ下に嘘《うそ》を吐《つ》いたのがバレてしまうのが怖かったんじゃなく。

ただ単純に、約束を破って雪ノ下をがっかりさせるのが嫌で、だからこいつはこんな必死こいてたのか——なんて、そんなことに、今更気づいてしまったことで。

そんな会話の傍《かたわ》らにも、由比ヶ浜は、フライパンに卵液を流し、生地が出来上がるのを焦《こ》げないようじっと見つめる。

額に汗をかいてるのも気づかず一心不乱の様子のその横顔を見て、俺は小さく言った。

「……じゃあ、俺も最後までちゃんと付き合ってやるよ」

必死過ぎて耳に入らないかも、なんて思ったが、そんなことはなかった。由比ヶ浜はいきなりこっちを振り向くと、ぱぁっと表情を輝かせて。

「う、うんっ。頑張るっ」

小学生みたいな決意表明。そして、すぐさま由比ヶ浜は再び調理に集中しだし、俺もまたどうにか成功させようとフライパンに目を向けた。

そして、その直後のことである。

コンコン、というノックの音とともに、出入り口の扉が開いた。

もしかして、平塚《ひらつか》先生が様子でも見に来てくれたのかもしれない、そう思って俺が何の気なしにそちらに目を向けると。

「……げっ、お前⁉」

俺のそんな声に、由比《ゆい》ヶ浜《がはま》も遅れて来訪者に気づき「えええええっ⁉」と悲鳴を上げる。

そんな俺たちの派手なリアクションとは裏腹に、その招かれざる来訪者の反応は淡白そのものので。

「……二人とも、随分な挨拶《あいさつ》ね。どこの言語圏での挨拶なのかしら？」

と、顔色ひとつ変えずにその来訪者は——雪ノ下雪乃《ゆきのしたゆきの》は冷たく言い放ったのである。

×　×　×

ぽつりぽつり、と由比ヶ浜は語った。

それを、ただ黙して静かに雪ノ下は聞いていた。

そして、俺はその二人に挟まれつつも、どこか蚊帳《かや》の外だった。

料理が上達した、というのは有り体に言ってしまえば嘘《うそ》だったこと。

実際に弁当に挑戦すれば、まったく上手くいかなかったこと。

だから、こうして今日までコソコソと特訓をしていたこと。

それらの事情の一切を話し終えると、由比ヶ浜はちょこんと頭を下げ「ごめん」と言った。

「その、嘘吐《つ》くつもりはなかったんだけど……。でも、ごめん……」

そして、そんな謝罪の言葉になんと言えばいいやらわからなくなったのは、むしろ雪ノ下のほうらしかった。

黙り込む雪ノ下は珍しく困り顔で、なにかを言いかけては少し悩んで、やっぱりやめる、というのを繰り返し。

チラッと、その目がフライパンの上に放置された、作りかけの卵焼きを捉えた。

作ってる途中、生焼けの状態で触り過ぎたせいか、もう形が完全に崩れてしまったそれを見て、雪ノ下は静かに言った。

「……知ってる、由比ヶ浜さん？」

と。

「厚焼き玉子は、弱火で焼くとあまり上手くいかないの」

「へ？」

「焦《こ》がしてしまうのを避けようとして弱火で焼こうとする人が多いのだけど、逆にそれだと失敗しやすいから、むしろ強火で手早くが基本ね。慣れれば、そう難しくはないわ」

「あ、う、うん。わかった……」

突如として始まった雪ノ下《ゆきのした》先生のお料理講座に、由比ヶ浜《ゆいがはま》は目を瞠《みは》って「うんうん」と何度も頷《うなず》く。

「……え？　てか、教えてくれるの、ゆきのん？」

怒ってないの？　とでもいうように問う由比ヶ浜に、照れ隠しなのか雪ノ下はそっぽを向いて答えた。

「……ええ。というか、次からは、ちゃんと私に相談なさい。この男より遥《はる》かに上手く指導するから」

いや、お前もクッキーのとき、結局ちゃんと指導できなかったろ。……なんて、そんなツッコミは無粋だろう。

これは、由比ヶ浜の「ごめんなさい」に対する、雪ノ下なりの「いいよ」の返事なのだから。互いに言葉には出さないけれど、しかし、そんな気持ちの交換がいまこのわずかな会話で為されたのだろう。

それは、蚊帳《かや》の外で話を聞いていた俺の推察でしかないけれど。

「材料を借りてもいいかしら？　まずは、私がお手本を見せるわ」

「う、うんっ。わかった！」

そんな会話とともに、卵焼きに挑戦し始める二人を見て、俺はそっと調理実習室を抜け出した。

これ以上、失敗作を食わされるのはゴメンだから、ではなくて。あ、いや、もちろんそれも少なからずはあるけれど。

だが、これ以上、この場にいるのもそれはそれで野暮ってもんだろう。

だって、ここから先は……いいや、或《ある》いは、ずっとずっとはじめから。

これは、由比ヶ浜と雪ノ下。

彼女たち二人の話だったんだから——。

×　×　×

翌日のこと。

昼休み、俺はいつもの昼食スポット……ではなくて、奉仕部の部室へと足を向けていた。

というのも。

『よかったら、ヒッキーも今日は一緒に食べようよ』

なんて、午前中の休み時間に由比ヶ浜からそんな誘いを受けていたのである。なんでも、昨日の雪ノ下との成果を披露したいとのこと。

ってことは、あれから行われた特訓は少なからず功を奏したらしい。

「そうね。まぁ、ちゃんと食べられるレベルのものは出てくるんじゃないかしら？」

とは、先んじて部室で本を読んでいた雪ノ下《ゆきのした》の弁である。

「ほーん。じゃあ、期待しとくか」

事もなげにそう答えたが、内心ちょっとだけ楽しみにしてるのは内緒。

そうして、待つことしばし。

「やっはろー！　お待たせー」

なんて陽気な挨拶《あいさつ》とともに由比ヶ浜《ゆいがはま》が現れて、楽しい楽しいお弁当の時間は始まった……

のだが。


——それは、なにやら茶色くてグチャグチャしていて、少なくとも口に入れていいような代物《しろもの》にはとても見えなかったのである。

「……なぁ、由比ヶ浜？」

「へ？」

「あのさ、なにこれ？」

そんな、俺のデジャヴを感じずにはいられない問いかけに、由比ヶ浜は平然と答える。

「なにって、見ればわかるでしょ？　卵焼き」

いや、見ればわかるとかそういう話じゃなくて、もうこれ見たことあるっていう話をしたかったんですけど。滅茶苦茶、見覚えありすぎて目を疑ってるんですけど。なんなら、初日に食わされたアレとビジュアル、なんにも変わってないんですけど。

「あー。まぁ、たしかに、見た目はちょっとだけ悪いっていうか、前とちょっと似てるかもだけど、でも大丈夫。味のほうはバッチリなはずだから！　ね？　ゆきのん？」

「…………………………………………」

絶句。問われた雪ノ下、完全に絶句。

そのあまりの規格外なビジュアルに、さしもの雪ノ下も言葉を失っているらしい。

次いで、雪ノ下はなぜかギロリと俺を睨《にら》む。その両眼がなによりも雄弁に言っていた。

――これは、いったいどういうこと？　と。

いや、知らねぇよ。こっちが聞きてぇよ。食べられるものが出てくるはずって言葉はなんだったんだよ。

「さっ。じゃあ、みんなで食べてみよっか！　はい、ヒッキーもゆきのんも箸《はし》持って」

そう言って手渡される割り箸を、いらねぇ、と断れたらどんなに楽か。

しかし、そうキラキラと期待するような瞳で見られると、流石《さすが》に断り切れず。

「いっただっきまーす」

「「……いただきます」」

由比ヶ浜の掛け声に続いて、俺たちも合掌。

ドロリとした感触の卵焼きをなんとか摑《つか》んで口元へ運べば、鼻先でぷんと香るなんらかの異臭。

あぁ、これは絶対美味《おい》しくいただけないやつだな、なんて確信しつつ、俺たちはそれを口内に流し込んで——。

その後のことは、あえて多くは語るまい。

どうしても、由比ヶ浜結衣は麺を食べたい。

白鳥士郎
挿絵：しらび

最強の食べ物は何か。

この難問について、俺は以前ラーメンを挙げた。

ラーメンこそは最強。孤独な男子高校生にとって最も身近な食べ物の一つ。孤高を貫く気高き魂を癒やし、胃の腑を満たす至高の一杯。

最強のボッチ飯。それがラーメンである。

しかしそんなラーメンにも弱点というか、適さない食べ方というものはある。

それは……デート。

男女のカップルがデートでラーメンを食べに行くのだけは絶対にNGだ。券売機の前でウダウダしたり、カウンターでぐだぐだくっちゃべったり。害悪でしかない。

会話なんかしてたら麺《めん》がのびる。スープが冷める。

だからラーメンをカップルで食べに行くのは絶対に許されないのである。

×　×　×

特に何も起きなかった一週間を締め括《くく》る金曜の放課後。

部室にふらりとやって来た平塚静《ひらつかしずか》先生が熱弁をふるい続けるのを、俺たちは各々黙って他の作業に集中しながら拝聴していた。

聞き流していたともいう。

「やはり今は千葉から千葉中央のエリアが最も熱いな。層の厚さが違う」

生徒三人の態度が明らかに自分の会話に無関心というかむしろウザがられているのもお構いなしで喋《しゃべ》り倒す平塚先生。

普段は生徒への気配りができる優秀な先生なんだが……ある特定の話を始めると全く周囲が見えなくなる。

「いや、ＰＴＡ役員との親睦会など時代錯誤も甚《はなは》だしい、しかもそんな飲み会で私のような若手美人女性教諭の役割など不愉快なものでしかないと、しばらく逃げ回っていたんだ。コンパニオン代わりにされるのも堪《たま》らんし、もっと困るのはお母さま方から『先生、ご結婚は？』『いい人いらっしゃらないんですの？』『するなら早いうちがいいわよ？』みたいな話を延々と振り続けられるのはもっと堪らん。親や親戚から言われるのとは違ってこっちは下手《したて》に出ざるを得ないからマウント取られ放題でサンドバッグみたいにボコボコにされるからな……」

途中から話が妙な方向に逸《そ》れていく。

要するにPTAとの飲み会に参加して夜の街に繰り出したというだけのことなんだが。

「だから久しぶりの参加だったんだが……まさかあそこまで熱く盛り上がってるとはな……千葉駅周辺のラーメン戦争が！」

そう。

この顧問が週末間際の部室にわざわざ顔を出して何をしてるかといえば、単に先週末自分が食ったラーメンの話をしているのである。

平塚静《ひらつかしずか》。独身。奉仕部顧問。そして独身。

時にかわいく、時にかっこいい。それは否定しないが今の平塚先生は「しずかわいい」でも「しずかっこいい」でもない。単に「しずかしましい」だ。

そんな平塚先生はベラベラと長広舌《ちょうこうぜつ》をふるったあと、肩をすくめてこう締め括《くく》った。

「ただ教師としては、あの辺りの店は勧めづらいがね」

解説が必要だろう。

一口に『千葉駅』といっても、JR千葉駅、西千葉駅、東千葉駅、京成千葉駅、新千葉駅、千葉中央駅、そしてJRの本千葉駅と、千葉の名を冠した駅は星の数ほど存在する（モノレールの千葉みなと駅もある）。

その中でもJR千葉駅から京成千葉中央駅までのエリアは歓楽街として知られており、昼と夜とでその様相を大きく変えるのだ。

ここまで聞いて、どうして平塚先生がわざわざ奉仕部の部室にまで来てこんな話を始めたのかが理解できた。

職員室でＰＴＡの批判をすることはできない。そして普通の生徒に千葉駅周辺のラーメンの話をするのも好ましくない。

要するに話せるのが俺たちくらいしかいないのだ。

それなのにこっちのノリが悪いからか、平塚先生はついに個別に話を振り始める。

「どうだ雪ノ下《ゆきのした》？　京都で食べたあの味、思い出さないか？」

「確かに——」

文庫本のページをめくる手を一瞬だけ止めて、雪ノ下雪乃《ゆきの》は頷《うなず》いた。

「たまに無性に食べたくなる瞬間はあります。あれは……暴力的な旨味でしたから」

こいつがそこまで言うってのは珍しい。そもそも食い物の味を評価するのを聞くことが相当珍しくはあるんだが。

まあ天下一品《てんいっぴん》はラーメンの中でも独特で、あの感じを『粉っぽい』と倦厭《けんえん》する層すらあると聞くからな。そんなラーメンの、しかも総本店の一椀を少量とはいえ口にしてしまったんだ。舌が忘れられないのも無理はない。『へっへっへ！　言葉では否定してても身体《からだ》は正直に憶えてるもんだなぁ!?』『ら、らめぇぇぇ！』ラーメンだけにらめぇってか？　なんなんこれ。

「あのインパクトが強すぎて、修学旅行で他に食べたものの味が霞《かす》んでしまっています」

「そこまでだったのか?」

「そうよ。比企谷《ひきがや》くんはそうでもなかった?」

「俺だって天下一品は初めてだったんだ。もしかしたら修学旅行で一番の思い出だったかもしれん」

「京都まで行ってラーメンの思い出が一番だなんて、とても比企谷くんらしいわね……けれど確かに、あれを食べるためだけに京都に行ったと思えば贅沢な体験かもしれないわ。好きな人にはそれだけの価値があるんでしょうし」

「チェーン店なら東京まで出れば食えるけど、総本店だからなぁ」

聖地巡礼を果たした気分である。ちょっと優越感。

そんな俺と雪ノ下《ゆきのした》の思い出話をずっと黙って聞いているのが――

「…………」

「由比ヶ浜《ゆいがはま》さん? さっきからどうしたの? あなたが五秒以上黙っているなんて珍しいけど……どこか具合でも悪いの?」

他の人間なら嫌味を言ってるとしか思えないが、雪ノ下にとっては本気で心配してる際のセリフなんだよなぁ。

体調を心配された由比ヶ浜結衣《ゆい》はといえば、

「うう~………」

ジト目で俺と雪ノ下を交互に見ながら、どこか恨めしげな調子で尋ねてくる。

「っていうか……ゆきのんとヒッキー、二人で一緒にラーメン食べに行った……の？」

「いや、それは」

俺は思わず腰を浮かしかけた。

どうして自分がここまで動揺してるかはわからないが、最近ちょっと由比ヶ浜にこういう態度を取られると、こう……思わず腰が浮いちゃうのだ。

演奏中のアンジェラ・アキさんみたいに立ったり座ったり立ちそうで立たなかったりしていると、雪ノ下が溜め息と共にこう答える。

「……二人だけじゃないわ。修学旅行の夜に、平塚《ひらつか》先生に誘われて三人で行ったのよ」

「そういうことだ」

話がラーメンのことなので喰《く》い気味に会話に加わってきた平塚先生が、さらに詳しく説明を開始する。

「私が二人を強引に連れ出してしまってね。まあ教師が生徒を誘って外出したのがバレたらそれなりに問題になるから黙っていたが、奉仕部は身内感覚だからついポロリと出てしまったよ」

だから黙っていてくれるとありがたい――平塚先生にそう言われて、由比ヶ浜も
「はあ……」

と納得したんだかしてないんだかよくわからない返事をした。

そもそもあのラーメン自体が、修学旅行の夜に宿舎を抜け出して一人でラーメンを食いに行こうとしていた平塚《ひらつか》先生が俺と雪ノ下《ゆきのした》に支払った口止め料だったわけで。

「とはいえ私は夏休みに比企谷《ひきがや》と二人でラーメンを食べに行ったこともあるがね」

「え!? ヒッキー、平塚先生と二人でラーメン食べに行ったの？ しかも休みの日に？ なんでなんで!?」

「あー……なんでだろうなー……」

あれは俺にとっても非常によくわからん出来事だった。

中途半端に寝過ごした夏休みの昼間に、新たにラーメン店を開拓しようと出かけたら、通りがかった結婚式で一人だけ黒いオーラを放つ美女がいてな……。

その黒いオーラの美女が、懐かしむような口調で言う。

「あれは確か、海浜幕張の……海の見える結婚式場の近くだったよな？」

「けっ、けけけ、結婚!?」

「式に出ていた私を、比企谷が強引に連れ出して……」

「強引に!? ヒッキーが!?」

「そして二人でラーメンを食べに行ったんだ」

「イヤッ!! 二人でラーメンなんて…………ラーメン？ なんで？」

いやいやラーメン食ったの以外全然ウソですから。

平塚先生は式に出席した後に親戚からの『おまえも早く結婚しろ』攻撃を避けるため俺を利用しただけだし。むしろ俺が先生に強引に連れて行かれたんだし。

めかし込んだ独身の女教師と二人で夏休みの昼間にカウンターに並んでラーメンを啜《すす》る……うん、どれだけ考えてもナニソレイミワカンナイ……。

そういった全てをいちいち説明するのも面倒だし、喋《しゃべ》れば喋るほど誤解が深まっていきそうだったので黙っていると、

「むー……」

由比ヶ浜《ゆいがはま》は片方の頰《ほお》を膨《ふく》らませて、なぜか三人の中で俺だけを睨《にら》んでいる。そしていきなり立ち上がると、こう宣言したのだ。

「あたしも行く」

「は？　行くって……サイゼにか？」

「今の流れでどうしてサイゼ行く話になるの!?」

「どうしてって……」

ラーメンの話をする　↓　麺《めん》が食べたくなる　↓　女子ならパスタ　↓　パスタはサイゼ

うん。完璧《かんぺき》な流れだ。

「いや確かにサイゼのパスタ安くて美味《おい》しいけど！　でも今行きたいのはサイゼじゃないよ！」

「じゃあどこ行くんだ？」

「あたしも、ヒッキーと、ラーメンを、食べに行く」

わかりやすく文節ごとに区切って、子供にでも言い聞かせるかのように腰を折って俺に顔を近づけながら、由比ヶ浜《ゆいがはま》は言った。

は？　俺と……ラーメンを食べに行く？　これから？

今の時間から千葉まで行って飯を食うとなれば、それは晩飯である。つまり家に『今日は外で飯食ってくるから』と連絡せねばならない。事情を聞かれれば面倒なことになる。

しかも今日は金曜。花金である。

夜の街は学生やサラリーマンで溢《あふ》れかえり……人が多くて店も混む。それに総武《そうぶ》高校の生徒も多いだろう。

そんな場所を由比ヶ浜と二人で移動するのは、その……誤解を生む原因になるし。それにそもそも男女でラーメンを喰《く》うのは俺のポリシーに反するのである。由比ヶ浜と俺は別にカップルとかではないんだが、事情を知らない人間が見ればそう見えるんだろうし。

だから俺は結論を口にする。

「いや行かんけどさ」

「めーん！」

ぺちっ、と俺の額に剣道のごとく手刀を叩《たた》き込む由比ヶ浜。

「ヒッキーのばーか！」

そして子供みたいな言葉を残すと、鞄《かばん》を引っ摑《つか》んで部室を出て行った。……去り際にちょっとだけ立ち止まり、あからさまに俺を見て……いや、追わんけどさ。

叩かれた額を手で触って前髪を整えながら、俺は呟《つぶや》いた。

「……ったく。バカはどっちだよ」

「比企谷《ひきがや》くんのことね」

「ああ。比企谷のことだな」

「はぁ？」

ちょっとお二人。今のやりとり聞いてました？

「だって、そうでしょう？」

雪ノ下雪乃《ゆきのしたゆきの》は文庫本に栞《しおり》を挟むと、この世の全てを見透かしたような微笑《ほほえ》みを浮かべながら言った。

「断っておいて結局、自分の仕事を増やしているのだもの」

×　　×　　×

結論から言えば俺は小町《こまち》に電話をした。『んぇ？　お兄ちゃん今日は外で晩ご飯食べてくるの？　どこに？　誰と？』いやどこだって誰だっていいだろうと答えると、しばらく沈黙してから、

『……結衣《ゆい》さん？』

「…………」

『わかった。だったらいいよー』

んっふっふっ、と妙な鼻息と共に電話は切れた。

ああ既に面倒臭い……。

「ったく、これであいつが見つからなかったら本当にバカだな俺は……」

千葉駅を出て、雑居ビルが建ち並ぶ繁華街を当てもなく歩く。やはり金曜の夜だけあって人が多い。この中からたった一人を捜すのは至難だ。

「もういっそ電話してみるか？　けどあいつ怒ってたしな……」

出ない可能性も高い。もう少し自力で捜してみよう。

日も暮れてネオンが輝き始めた繁華街には、飲み屋とラーメン屋がひしめいている。無数に存在するラーメン屋を一軒一軒確認していくのは現実的じゃない。

考えろ。

あいつならどうする？

「由比ヶ浜《ゆいがはま》はこのあたりに詳しくないし、ラーメン屋についての知識もないはずだ。だとしたら、あいつの性格なら……」

誰かに聞く。直感的にそう思った。

そしてこういう場所に無知なあいつだったら、たとえば明らかに怪しい『無料相談所』みたいなトコで聞こうとしたり……。

「いやぁ……でもまさかねえ？　いくらガハマさんがぴゅあぴゅあでも、あんなところで美味《おい》しいラーメン屋の店を教えてもらえるなんて思わないたぁぁぁぁぁぁああああッ!!」

いた。

無料相談所の前に由比ヶ浜はいた。

しかもわかりやすく路上でソッチ系のお兄さんたちに絡まれてる。

「えっと、ですね？　だからあたしはラーメンのお店を紹介して欲しくて……」

「ラーメン？　そんなのよりもっと稼げるお店を紹介してあげるよー」

「や、あの、あたしが働くんじゃなくて……ラーメンを食べたくて……」

「そんなに大きなおっぱいしてて稼がないなんてもったいないって！」

アカン。あれはアカン。

俺はほとんど走るくらいの早歩きでその場に近寄ると、お兄さんたちとは目を合わせずに絡まれてる由比ヶ浜の腕を摑《つか》む。

来た。

「おい。行くぞ」

「え!? ひ、ヒッキー!?」

由比ヶ浜《ゆいがはま》は驚きのあまり目を丸くしていたが、すぐに俺の手を握り返して、小走りに付いて来た。

「おいおい何だよ」「彼氏持ちなら早く言えって」

そんな声が聞こえてくるが、追ってくる様子はない。助かった……。

大通りに出て角を曲がってから、俺はようやく足を止めて手を放す。そして後ろを付いて来たバカを見た。

叱《しか》られるのを待つ子犬のような顔をした由比ヶ浜結衣《ゆい》を。

「や、やっはろー……」

「ハローって時間帯じゃねえだろ」

「あはは………ごめんなさい……」

かくん、と頭を下げる由比ヶ浜。

「来てみたはいいものの、どこに入ればいいかわかんなくて……それで『無料相談所』って書いてあるお店で『あたしでも入れるいいお店ありますか?』って聞いたら――」

「あれはそういう相談をするところじゃないんだよ」

「そうみたいだねぇ………ごめん」

壮絶な勘違いをしやがって……。

こうやってストレートに謝られると怒る気も失《う》せた。

「はぁ………ったく」

掴《つか》んでいた手を放して溜め息を吐《つ》くと、俺はまだしょぼんとしたままの由比ヶ浜に声を掛ける。

「じゃ、行くか」

「へ？　どこ？」

「ラーメン食いたいんだろ？　連れてってやるから、食ったら帰れよ」

「やったー！　ヒッキーやさしい！」

大げさにバンザイして抱きついてこようとする由比ヶ浜をバックステップでかわすと、そのまま俺は目的の店に向かって歩き始める。

由比ヶ浜もトコトコついてくる。

しかし俺がJR千葉駅に向かって歩き出したのを悟ると、由比ヶ浜は足を止めて、

「あれ？　……どこ行くの？」

「駅ナカの富田製麺《とみたせいめん》」

「それって改札の中にある立ち食いソバ屋みたいな店でしょ!?　やだよそんなお店！　もっと本格的なとこ行きたい！」

なん……だと……？

「バッかおま……富田製麺《とみたせいめん》ナメんな？」

混迷する千葉駅に舞い降りた新たなる覇王。それが富田製麺。

あのレベルのラーメンを改札の内側で食べられるという事実！　それこそが千葉のラーメン文化の爛熟《らんじゅく》を示しているといえよう。他県から千葉を訪れた人間が真っ先に目にする光景が、全面ガラス張りの店内でカウンターに並びひたすら麺を掻《か》き込む人々の姿という……あの光景を思い出すたびに胸が熱くなる……。

「この周辺で今最も熱いのは間違いなく富田製麺だよ。入場券を買ってでも食べる価値がある。信じられないならネットの評価も検索してみたらいい」

「え？　そ、そうなの？　……でも、うーん……」

由比ヶ浜《ゆいがはま》はじゃらじゃらとストラップのついたスマホを手に取るものの、その画面を見て困ったようにあぅあぅしている。

「どうした？　千葉駅だと何か問題あるのか？」

「ほ、ほら！　千葉駅って改札の前にゴンチャできたっしょ？　あそこ今日、優美子《ゆみこ》たちも行ってるはずなんだよね」

「三浦《みうら》がゴンチャでタピってんのか……」

ナウな千葉のイケてるヤングはＪＲ千葉駅でタピるのだ。おかげで中学時代のリア充同級生とエンカウント率ハンパない。高確率で折本《おりもと》がいるのとかほんと何とかしてほしい。船橋のららぽーと行けよ。

「誘われたんだけど、用事があるって断って来ちゃったから……あそこはちょっと、ね」

「……そうか」

俺は少し考えると、反対側にある京成千葉駅へ足を向ける。

「じゃあ、そごう行くか」

「SOGOU?」

「上のレストラン街に担々麺の店がある」

「そこ家族で行ったことある！　セットでいろいろ食べれて美味《おい》しかった！」

「だろ？」

うちの小町《こまち》もあの店はお気に入りなのだ。女子にも入りやすい系の中華料理屋なのだ。

しかしガハマさん、納得せず。

「でも違うんだなー。確かにいいお店だし行きたいんだけど、あたしがヒッキーと行きたいのは、そういうお店じゃないんだよ……」

「はぁぁ？」

「あーゆうんじゃなくてさぁ。どうしてわかってくれないのかなぁ？」

「いや、それ俺のセリフ……」

ラーメンが食べたいって言うから女子でも美味《おい》しく楽しく食べられそうなお店を必死に考えてるのに次々に否定される気持ち。わかって？

……とはいうものの由比ヶ浜《ゆいがはま》の言わんとしてることも実は理解できるのだ。

ファミリー向けの中華料理店で食べるラーメンと、ラーメンの他には餃子とチャーハンくらいしか置いてない専門店で食べるラーメンとは、同じ『ラーメン』と名前が付いた料理でも大きな隔《へだ》たりがある。

由比ヶ浜が危険を冒してまで一人で食べに来たのは専門店のラーメンだ。

専門店で、しかしなるべく明るくて人通りの多い安全な場所にあって、味も確かな店。

「だとしたら……千葉中央ショッピングセンターだな」

「高架下のシーワン？」

「千葉中央ショッピングセンターな」

シーワンとかミーオとか、俺は断じてそんな軽薄な名前では呼ばない。まあ要するに高架下を利用したテナント街だが。

高架下といえば神戸元町高架下（通称『モトコー』）が全国的に有名だが、千葉の高架下だってなかなかのものだ。

千葉駅から京成千葉中央駅までの約七〇〇メートルを四ブロックに分割し、それぞれに特色ある店舗がひしめいている。

「店の入れ替えもそこそこ早いけど、それだけに競争は激しい。だからここで生き残ってる店に入れれば、まず間違いはない」

「確かにね。あそこ、小物とか売ってるお店も入れ替え激しいもんね」

「最近は全国的に有名なチェーン店も続々と入ってきてるからな。あそこに行けば全国各地の有名店が千葉に居ながらにして楽しめる」

「ヒッキーが京都でゆきのんと食べたお店もあるの？」

「いやぁ……ないんだよなぁ、何故《なぜ》か……」

なんで天一って千葉から撤退しちゃったんだろうな？　全てが揃《そろ》うという楽園・千葉に残されたラストワンピース。それが天下一品。

「そこに行きたかったのか？」

「行ってみたいけど行きたくない」

「はぁ？」

「……せっかくヒッキーと食べに行くのに、他の人とどんな感じで過ごしてたのか気にしながら食べるのって何かヤだし……」

由比ヶ浜はブツブツと不満っぽいことを口にしつつ唇を尖《とが》らせている。言葉の内容まではよくわからんが、何だかすごく複雑な感情を抱えてるっぽいな……。

そんなガハマさんだったが、高架下に入った瞬間コロッと機嫌が直った。

「あっ！　あそこのアクセかわいい～。ねえねえ、似合う？」

「あ？　似合うんじゃねーの？」

「適当だな！　もっとよく見てよぅ」

そんなことより早く行こうぜって感じを出しつつ答えたが、実際は似合いすぎてちょっとドキドキしてた。あんまりじっくり見ちゃうと……な？　察してくれよ……な？

赤くなった顔を見られないように先を歩く。

由比ヶ浜《ゆいがはま》は手に取ったアクセをカゴに戻すと、追いついてきて後ろから俺の服の裾《すそ》をちょっとだけ掴《つか》む。

「ねえねえ。ヒッキーも楽しい？」

「ん？　まあ、それなりには」

「そかそか」

「そうだ」

「楽しいねぇ」

「……金曜の夜だしな」

周囲の浮かれた雰囲気に飲まれて、俺と由比ヶ浜も普通の高校生と同じように、千葉ショッピングセンター内をブラブラと歩いた。

そうだ……そろそろはっきりさせておいたほうがいいだろう。

そのままCブロックまで行ったところでいったん外に出ると、

「由比ヶ浜」

俺は足を止めて、ずっと聞こうと思っていたことを尋ねる。

「大事な話があるんだ」

「ふぇ？　だ、だいじ……？」

「ああ。もっと早く確認しておくべきだった。おまえの気持ちを」

「あたっ!?　あ、あた……あたあたたた、あたしの気持ちは、ずっと前から変わらないっていうか……きゅ、急だなぁ、もう……」

急に顔を赤くして北斗神拳《ほくとしんけん》伝承者のようにあたあた言ってる由比ヶ浜の様子は明らかに変なので少し気になったが、本当に大事なことなので構わず確認する。

「由比ヶ浜。おまえ――」

「う、うん……」

「ニンニクとか入ってて大丈夫か？」

「いいよ！　明日はお休みだし！　っていうか紛らわしい言い方すな!!」

気を利かせて事前に確認してやったのになぜか怒鳴られた……セクハラだったのか？　次から女子に口臭の話をするのは気を付けよう。

しかし由比ヶ浜の機嫌はすぐに直った。

というか、驚きのあまり怒りを忘れた。

「わっ！　すご⁉　ここ入るの……？」

俺が案内したのは、豚骨ラーメンの超有名店。

日本どころか海外でも絶大な人気を誇る店だ。

博多豚骨ラーメンでは抜きん出た存在で、博多空港の中にも待合場の隣にデデンと店を構えてるほどである。ニンニクＯＫならこの店に行かない手はない。

味の濃さ、脂の量、にんにくの量、ねぎの種類、チャーシューの有無、秘伝のたれの量、そして麺《めん》の固さを調整できる革新的なシステムは他のラーメン店にも大きな影響を与えた、まさにキングオブ豚骨。

「うわー……ラーメン屋さんってここまでするんだねぇ。これは女子が一人で入るのは別の意味で勇気が必要だわ……」

「おいおい。外観だけで驚くのは早いんじゃないか？」

この店の売りというか有名な部分というのは、むしろその個性的な内装にある。

「え？　中もすごいの……？」

「ああ。味に集中できるようにカウンター席が一つずつ仕切られてて、ラーメンが提供されると正面にもスダレが下りてくるんだ。楽しみだろ？」

「えええええっ⁉」

由比ヶ浜《ゆいがはま》はめちゃめちゃビックリした。

「ど、どうしてせっかく二人で食べに来てるのに一人ずつ仕切って食べるの⁉」

「それはおまえ、豚骨に集中するためだよ。当たり前だろ？　予備校の自習室行ったら一人で勉強するだろ？」

「いやいやいや。当たり前じゃないよ。だって外食に行くんでしょ？　一緒に食べたほうが楽しいし、そっちのが美味《おい》しいよ」

一緒に食べたほうが美味しい……ね。使い古されたフレーズだ。

本当にそうだろうか？

誰かに気を遣いながら食べる料理は、味なんてはっきりわからないだろう？

べちゃくちゃ喋《しゃべ》りながら食べる料理は、食うタイミングを逃していないか？

ボッチは常に一人で店に入り、その店の料理と一対一で向き合っている。自分の好きなように、そしてその料理が最も美味《うま》いであろうタイミングで手をつけることができる。

どう考えてもそっちのが美味いだろ？

「とにかくここはやめようよ！　贅沢は言わないから、せめてお互いの顔を見たり気軽に話したりしながら食べられるお店がいい！」

「既に割といっぱい贅沢を言ってくれてるんだよなぁ……」

探せども探せども満足していただけるお店が見つからないの。

入る店も決まらずに歩き続けていると、もうすぐ京成本千葉駅に着きそうな場所まで来てしまった。

「おい。これ以上進んでも日高屋《ひだかや》くらいしかないぞ?」

「うーん……けど新しいお店があるかもしれないし、もうちょっと——」

先へ行くのを渋る俺。もっと進もうと言う由比ヶ浜《ゆいがはま》。

だがその由比ヶ浜が急に足を止めて、声を上げる。

「えっ!? あ、あれって……」

俺も釣られてそっちを見ると——

本千葉駅の方角から、手に提げた漆黒のビニール袋をわしゃわしゃと鳴らしながら歩いて来る、横に広い人影が見えた。

見間違えるはずがない。

材木座義輝《ざいもくざよしてる》。

「中二!? なんで……?」

「っ! しまった……いつのまにか、このエリアに足を踏み込んでいたのか……!」

×　×　×

アニメイト、カードラボ、とらのあな。

京成本千葉駅周辺には、あいつの寄り付きそうなスポットが山ほどあるのだ。

そう、ここは千葉のアキバ。アチバ。

要するにオタク街だ。

華やかにライトアップされたショッピングモールがあれば、その裏側には陰のようにひっそりと根を伸ばす闇の勢力が存在する。

学校が世間の縮図であるように、多くの人々が交差する駅という場所もまた、社会の縮図となるのは当然のこと。

ついでに言うと大手学習塾もこのエリアに集中しているため、進学校の生徒には割とよく遭遇する。つまり総武《そうぶ》の生徒にも出会う確率が高いわけで、そのあたりのことを忘れてついつい足を踏み入れてしまったのは完全に俺の落ち度だ。

「前門の三浦《みうら》、後門の材木座か……」

「や、優美子《ゆみこ》と中二を同列に並べないであげてほしいんだけど……」

由比ヶ浜はひっそりと抗議してきた。気持ちはわからなくはない。俺も材木座とよく一緒にされるがそれ本当にやめていただきたい。

「とにかく千葉駅に向かって引き返そう」

「また高架下に戻る?」

「いや。今度は歩道を歩く。途中でいい店があったら入ればいい」

いい考えだと思ったんだが、誤算があった。

歩道は高架下と違って信号がたくさんある。そしてなぜかこう急いでいる時に限って、ことごとく信号に引っかかるのである。

やがて、ニューイングランド風の赤レンガ造りが瀟洒《しょうしゃ》な建物が見えてきた。『大将軍《だいしょうぐん》』というネオンが全てをブチ壊しにしているが……。

由比ヶ浜《ゆいがはま》もさすがに気付いたようで、驚いたような呆《あき》れたような声を出す。

「あそこの焼き肉屋さん……外観すごいね……」

「焼き肉大将軍とカニ将軍が道路を挟んで向かい合ってる千葉の絶景スポットだからな」

あれはもともと千葉でも有名な老舗のレストラン&カフェバー『馬酔木《あしび》』の建物だったんだが、その馬酔木が地下だけの営業になって上のフロアに何が入るかと思ったら焼き肉大将軍が入っちゃったという経緯なのだ。カニ将軍の向かいの建物に。よりによって。

しかもそこに自称・剣豪将軍が近づいて来るとなると——

「将軍同士、呼び合っているのか……?」

「え？　ヒッキーなに言ってんの？」

なに言ってんだろうね。自分でもよーわからんくなってきた。ところでガハマさんいつまで俺の服摑《つか》んでるんですか？　……何か暑くないですか？

「お、おい由比ヶ浜。もうちょっと離れて歩けよ」

「そ、そんなこと言ったって人が多すぎて……多すぎるもん……」

由比ヶ浜は俺の服を摑んだまま反論してくる。

確かに人の数と比べて歩道が狭いためなかなか先に進めない。

材木座《ざいもくざ》は横に広いが、それでも二人くっ付いて歩くよりも素早く移動することができるようで、段々と距離が詰まってきた。

由比ヶ浜が悲鳴じみた声を上げる。

「もうそのへんのお店に入ろうよ！」

「くっ……！　仕方がない、適当に入るか……」

苦渋の選択である。

由比ヶ浜にとって人生最初の一杯だ。これによってラーメンが好きになるか嫌いになるか、人生が大きく左右される。

これでもし、店の選択を間違えたら……。

「俺のことは嫌いになっても……ラーメンのことは嫌いにならないでくれよ？」

「この状況で余裕あるねヒッキー!?」

真面目に言ってるんだ。ラーメンの印象が悪くなるのは耐えられない……。

この期に及んでまだ決断できないでいると――

由比ヶ浜《ゆいがはま》が、ある店の前で俺の服をグイッと強く引っ張った。

「ここ！　ここがいい！」

「つけ麺《めん》……か」

初めて聞く単語だったらしく、由比ヶ浜が聞き返してくる。

「つけめん？　普通のラーメンと違うの？」

「そうだな。ざるソバみたいに、麺とスープが別々になってる」

「へー！　そういうのもあるんだね？　おしゃれ！」

オシャレか？　女子の感覚はよくわからん……。

ただ、つけ麺なら確かに女子にも食べやすいだろう。

それにこの店はつけ麺発祥の店としても知られ、特にここ千葉にある店舗は創業の味を頑《かたく》なに守り続けていると評判だ。

俺も昔はよく通っていた。それこそアニメイト千葉で漫画やラノベを買った後、ここでつけ麺を一人で食べた十五の昼……。

「よし。入るか」

「はいろうはいろう」

一時間近く街をさまよった挙げ句、俺たちはあっさり入店した。

店の中には客の姿がなかったから一瞬『え？　休み？』と思ってしまったが、店員はいるので営業中らしい。

懐かしさを感じつつ入口の券売機について由比ヶ浜に説明する。

「まずはこの券売機で、食べたい料理の食券を買う」

「え？」

由比ヶ浜は途方に暮れた表情をした。

「どうした？」

「だって……メニュー見ないと、どんな料理かわかんないよ？」

「ああ。うん。まあそうなんだけどな？」

簡単なメニュー表は券売機に括《くく》りつけてあるものの、詳細なメニュー表があったとしても悩みまくる由比ヶ浜にこの状況で何を食うか決めろと言ってもそれは無理だろう。

こういうところは確かに初めてだとハードルが高いのかもしれない。

ただ、後ろは誰もいないとはいえここでモタモタするのは気分的に良くない。取り敢えず俺だけ先に食券を買って、カウンター席に二人並んで座った。

「俺はつけ麺特盛りで。こっちはまた後から」

「……」

店員は特に何も言わずに俺の食券だけを受け取った。

幸いなことに、サラリーマンの帰宅ラッシュを過ぎているからか店内は客が一巡した後のようで、カウンターに座るのは俺と由比ヶ浜《ゆいがはま》だけだ。

その由比ヶ浜はといえば──

「へー。ふぅーん。ほほぉー……」

メニューよりもまず店内の様子に興味を引かれたらしく、周囲をキョロキョロ。

「で？　ヒッキーが頼んだのは？」

「オーソドックスなつけ麺《めん》だ。これの特盛り」

「ふぅん……」

メニュー表の写真を指で示して説明するが、由比ヶ浜はあまりピンと来てないようだ。

「この茶色いスープに、こっちの黄色い麺をつけて食べるの？」

「そうそう。で、そこにある調味料を、お好みでかけて食べる」

テーブルに並べられた銀色の小瓶を示して言う。

「いっぱいある……トルコ料理みたい……」

確かにトルコ料理は唐辛子だけで何種類もあると聞く。

胡椒《こしょう》だけでも何種類も置いてあるつけ麺屋も似てる部分があるかも……いやどうだろ？　似てるか？　ぜんぜん違うよね？

「これは？　こっちは何？」

別の小瓶を指さす由比ヶ浜。

「それは酢だな。普通の酢、スタミナ酢、フルーツ酢の三種類がある。つけ汁の味を変えるときに使うんだ」

「フルーツ酢？　何だかヘルシーな感じするし、あたしもこれ頼む！」

由比ヶ浜は券売機にトコトコ歩いて行くと、思い切りよくつけ麺のボタンを押して、食券を両手で大事そうに持って戻って来た。

「すいませーん。これお願いします」

カウンター越しに食券を渡す。

店員は特に何も言わない。

「……あの人、怒ってるの？」

「いや。そういうわけじゃない。質問すれば答えてくれる」

これは距離感の問題だ。

俺が初めて由比ヶ浜と接したときも「怒ってるの？」と何度か聞かれた。常連にとっては心地いい距離感も、初めての客にとっては拒絶と感じることもあるんだろう。

そもそもこの店自体があまり新規の客を求めている感じじゃない。

新規と古参。

どんな世界でも、この両者を同時に満足させるのは難しい。

どっちを優先するかの問題ではあるが、老舗《しにせ》の味を守り続ける方針であるのならば新規の客よりもリピーターを優先するというのは理に適っているだろう。そしてリピーターが求めるのは、静謐《せいひつ》な空間と安定した味だ。

そんなことを考えていると、

「つけ麺《めん》です」

カウンター越しに、麺とつけ汁が提供される。

由比ヶ浜《ゆいがはま》は普通盛り。

特盛りの俺は麺とチャーシューが多めだ。

小声で嬉しそうに由比ヶ浜が俺に囁《ささや》いてくる。

「……出すタイミング合わせてくれたんだね。注文、少し遅れたのに」

「だな」

由比ヶ浜のいいところだ。他人に対して基本的に善意で接する人間は、相手も善意で接してくれると信じ切ってる。

結果として、相手のいい部分を探す。

善意の海に垂らされた一滴の悪意すら感知してしまう俺のようなボッチとは逆だな。サメか俺は。

「いただきます」

「いただきます」

二人で同時に手を合わせて、割り箸《ばし》を割る。

躊躇《ちゅうちょ》している由比ヶ浜の背中を押す意味も込めて、俺は普段より豪快に麺を啜《すす》った。ラーメンの食べ方なんて下品なくらいでちょうどいいんだ。

「さて、それでは……」

覚悟を決めたようで、由比ヶ浜も少し震《ふる》える箸で麺を摘《つま》む。

そしてそれをつけ汁に浸し、茶色のスープがよく絡まった縮れ麺を、グロスで輝く桜色の唇へと誘《いざな》った。

ちゅるちゅるとかわいい音と共に、口の中に吸い込まれていく麺を、俺は横目でこっそり確認する。

そして――――由比ヶ浜は目を大きく見開いて叫んだ。

「え⁉　ウマッ‼」

本気でそう思ってるらしく、由比ヶ浜は俺の顔とつけ麺を高速で交互に見る。海外のサッカー選手くらいの勢いで首を振りまくっている。

「ちぢれた麺って、もしかしたら生まれて初めて食べたかも……。スープパスタっぽいけど、味の深みがぜんぜんちがう……なんだろ？　シチューみたいな？」

「…………」

「やー、これはゆきのんが『暴力的な旨味』なんて表現するのもわかるなー。舌にガツンと来るっていうの？　あ、でもゆきのんが食べたお店とはまた違うんだっけ？　やば。ラーメンって奥が深いんだね！　ね、ヒッキー!?」

「……そうだな」

俺は由比ヶ浜《ゆいがはま》の言葉に相槌《あいづち》を打つと、カウンターの向こうへ声を掛けた。

「すいません。スープ割りお願いします」

「ふへ？　すーぷわり？」

「そば湯みたいなもん」

出汁《だし》の入ったポットをカウンター越しに受け取ると、俺はつけ汁にそれを注ぐ。由比ヶ浜の目はポットから注がれる黄金色の出汁に釘付けだ。

「おおー……！」

ちびちびと味を確認する
「ちょっ！　ヒッキー、あたしにもちょっとちょうだい！」

「はぁ？　後で自分の飲めばいいだろ？」

「いま飲みたいの！」

そう言って引ったくるように俺の手から器を奪い取って、ぐびり。

「ふぉぉぉ！　食べ終わった後にまだこんな楽しみが残ってるなんて、ラーメンすごっ!!」

「おまえそれ、間接…………まあいいや」

器を取り返し、はしゃぎまくる由比ヶ浜《ゆいがはま》の横で残りのスープ割りを飲みつつ、俺は確信していた。

最初は、味が変わったのかと思った。

だが由比ヶ浜の反応を見て、そうじゃないとわかった。

変わったのは味じゃない。

「…………俺の舌、か」

久しぶりに食べたつけ麺《めん》からは、最初の頃の感動は消えていた。それはきっと俺が他にも様々なラーメンを食べたからなんだろう。要するに舌が肥《こ》えたのだ。

それを成長と捉えるのか感覚が麻痺したと捉えるのかは人それぞれだろう。一つだけ確かなのは、俺がこの店で満足することはもうないという事実だけだ。

そんな俺の隣で、由比ヶ浜は自分のスープ割りも全て飲み干していた。

「ごちそうさまー！　すっごくおいしかったです！」

「……ごちそうさんッス」

いつもは完飲していたスープを半分以上残したまま、俺は席を立った。

×　×　×

「今日はありがと！」

店を出ると、由比ヶ浜はそう言って笑顔を浮かべた。

「それから……ごめんね」

「ん？　いや、まぁ確かに今日はラーメン食うつもりなかったけど、俺も久しぶりにこの店に来れて懐かしかったし――」

「ううん。違うよ」

由比ヶ浜は首を横に振ると、少し寂しそうに笑いながら、

「ヒッキーが、あんまり美味《おい》しそうにしてなかったの……途中から気づいてたんだ」

「ッ……！」

「ここ、そんなに好きな店じゃなかったんだね」

「いや！　そういうわけじゃ――」

そうじゃない。そういうわけじゃない。昔は確かに大好きだったんだ。

店も、由比ヶ浜も、誰も悪いわけじゃない。俺はそう説明しようとした。誰が悪いのかと言えば、それは俺が――

「でもあたしはさ！」

しかし俺が説明するよりも早く、由比ヶ浜結衣《ゆい》は――周囲を歩く人々が思わず振り返ってしまうほど大きな声で、こう言ったのだ。

「あたしは、すっっっっごく！　おいしかった‼」

「……………由比ヶ浜《ゆいがはま》……」

「このお店に入ったのは、偶然で……ヒッキーにとってはあんまりいいお店じゃなかったかもしれないし、そもそもあたしのわがままに付き合わせちゃったからヒッキーはラーメンとか食べる気分じゃなかったのかもしれないけど、それでもあたしは…………はは……なんだろ？　なに言ってるのかわかんないね？」

「いや……わかるよ。何となく」

「えっとね？　つまり、これが最初の一歩だったわけです。ヒッキーにとってはあんまりいい一歩じゃなくても、あたしにとっては最高で特別な一歩だったんだよ。それが言いたかったの」

由比ヶ浜は一歩、俺に近づく。

少し腰を屈めて上目遣いにこっちを見ると、囁《ささや》くような声で言った。

「一歩一歩、ちょっとずつ追いかけるの。それで……いつか必ず追いついて、捕まえるんだ」

「……そうか」

「うん。そうだ」

それはいつか、交わしたことのある会話。

由比ヶ浜結衣《ゆい》はそういう存在なのだ。駄々をこね、足を引っ張り、他人にさんざん迷惑をかけながらも、目的に向かって進んで行く。

それは——由比ヶ浜だけが持っている、未来へのビジョン。

こいつはそれを実現してしまう。

俺も、雪ノ下《ゆきのした》ですらも持ち得ない特別な力だ。

守り続けるべき価値観も、ある。

けれど日々を過ごすうちに……味覚と同じように、他の感覚も少しずつ変わっていくんだろう。

俺はそれを恐れた。自分が自分でなくなっていくことを。

それは創業の味を頑《かたく》なに守り続けることと似ている。アイデンティティーを失うことで、他のラーメン屋と同列に語られてしまう。変わらなければ少なくともプライドだけは保つことができるだろう。

だとしたら、由比ヶ浜結衣と過ごすうちに、ラーメンに対する俺の気持ちも再び変わっていくのかもしれない。どうなるかは、まだわからない。

でも、今の段階で一つだけ言えることがあるとしたら——

「……俺にとっても、今日はいい経験だったよ」

「ほんと?」

「ああ。一人で来てたら多分、もっと微妙な感じになってたと思うわ」

――一緒に食べたほうが美味《おい》しい。

俺はその言葉を否定した。今でもラーメンを食べるならボッチが最高と確信してる。だけどその事実は、他の食べ方を否定するものでは必ずしもないのだ。

「ラーメンについて語れたのも、割と楽しかったしな」

「あー。ヒッキーって普段はあんまはっきり喋《しゃべ》ってくれないけど、自分の得意な話になると急に滑舌よくなるもんね」

「おまえそれ一番言っちゃいけないことだからな？」

それ言っちゃったら戦争しかないからな？

「次に来るときは、あたしが選んだ最高の一杯をヒッキーに紹介してあげる！　それで食べ終わってから一緒に感想を言い合うの」

「……楽しそうだな」

「ふふ。ね？」

「まあ、でも……」

俺はさっきから止まることなく震《ふる》え続けてるスマホを取り出して、

「こうはなるなよ」

「ひぃ!?」

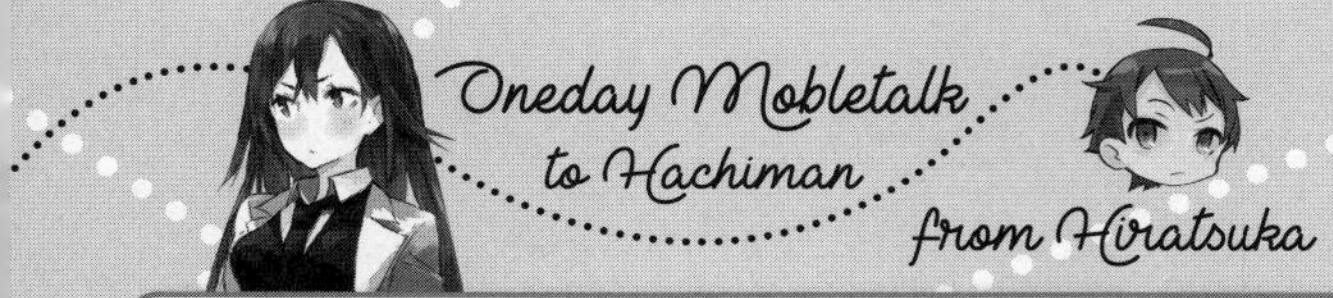

FROM　平塚 静　18:32
TITLE　nontitle

今日は放課後に部室で長々と失礼しました。ラーメン好きの比企谷くん以外はちょっと引いてしまっていましたね（笑）それにしても由比ヶ浜さんがラーメンを外で食べたことがなかったのには少しびっくりしたのではありませんか？ けれど女子であればそんなものです。かくいう私も本格的にラーメンの食べ歩きを始めたのは大学に入ってからですからね。この機会に私がラーメンにはまるきっかけを語ってもいいのですが、今はまず由比ヶ浜さんが初めてのラーメン体験を後悔せず楽しむことができるお店の紹介に集中したいと思います。男子と女子では重視する点が違うこともあり、比企谷くんでは見落としがちなポイントも私な

FROM　平塚 静　18:34
TITLE　Re

文字数の制限に引っかかってしまいました。制限とかあるんですね。前置きはこれくらいにしておいて、さっそく千葉駅周辺のオススメ店をご紹介したいと思います！ 候補が多すぎて絞り込むのは難しいですが、食べ物系サイトの評価に左右されず実際に私が夜の街に繰り出した経験から、ここぞというお店をお伝えしましょう。それはズバリ！『武蔵家』の富士見店です。繁華街の家系ラーメン店は回転率を重視するあまりスープに既製品を使用することは残念ながら実際あることなのですが、このお店に限ってそれはありえません。店の外に漂う豚骨の香りがそれを完全に否定して

FROM　平塚 静　18:37
TITLE　Re2

また文字数です。少し熱くなってしまいましたね。短めにいきます。要するにこのお店はしっかりと豚骨を煮込んで出汁を取っているということです。しかもライス無料で、お替わりも自由！　これは食べ盛りの比企谷くんにも嬉しいのではないでしょうか（笑）麺は酒井製麺の武蔵家特注。以前は『増田家』を紹介しましたが、ここ『武蔵家』富士見店には、味だけではなく店員さんの創り出す明るい雰囲気があります。ですからあの狭い店内にも意外に女性客が多く、私も少々びっくりしてしまいました。ところで比企谷くん、「こいつ家系ばっかだな？」とか思っていませんか？　確かに一時期の家系ブームは下火になりはしたものの、それは文化として成熟した

FROM　平塚 静　18:39

TITLE　Re3

文字数でした。少しイライラしますが、大丈夫。もうこれで終わりです。要するに何が言いたいかというと、ラーメンは女性でも楽しめるものへと……真の国民食へと進化しているということです。いや、すでに日本国内を飛び出し、世界へ羽ばたいています。ぜひ由比ヶ浜さんにもその素晴らしさを理解していただきたいと願っていますし、比企谷くんであればきっと私の期待に応えてくれると信じています！

FROM　平塚 静　19:42

TITLE　Re4

どうしてお返事くれないのかな?

FROM　平塚 静　20:03

TITLE　Re5

ラーメンを食べているの?

FROM　平塚 静　20:12

TITLE　Re6

おーい……（泣）

FROM　平塚 静　20:16

TITLE　Re7

カナシス

イラスト：ぽんかん⑧

店を探している最中もつけ麺《めん》を食べてる最中も何なら今もリアルタイムで平塚《ひらつか》先生からガンガンに送られ続けているラーメン情報を見て、由比ヶ浜《ゆいがはま》はドン引きした。

こんなの見たら逆にしばらくラーメン食う気分じゃなくなるので、由比ヶ浜が夜の千葉をうろつく心配をしなくてもいいのはよかったと思う。

隠密スキル（Lv.MAX）比企谷八幡の災厄

田中ロミオ
挿絵：戸部淑

「ほげえええええええええっ⁉」

ある朝唐突に気付いてしまった。

どうやら俺はカンストしてしまったらしい。

何にって。そりゃスキルにだよ、スキル。

ほら、最近流行《はや》ってるじゃん？　轢《ひ》かれて死んで、異世界で生まれ変わって新しい人生のはじまりをパラメータ画面を開いてしみじみ実感するみたいなの。

手違いでぼっち属性（呪《のろ》い）付与で誕生させてしまったのでかわりに超絶スキルとカリスマ属性をあげるからこれで許してね、とか言ってくれるクッソ優しい神様がこの地球にもいてくれたら良かったのに。俺も無双してチヤホヤされてえ。

しかしまぁ、世界は美しくなんかないとキノさんもおっしゃっている。そのあたりわきまえている俺は、厳しい現実を噛《か》みしめつつもダンジョン（学校）をえんえん脳死周回してきたわけだが、その結果としてついにスキルマになってしまったらしいのだ。人生に行き詰まったら学校周回安定。

感覚的なものだが、パラメータ画面としてはこんな感じだ。

八幡《はちまん》／17歳／男
身長／175㎝　誕生日／8月8日　血液型／A型
隠密　LV9（MAX）
誘惑耐性　LV9（MAX）
木人拳　LV9（MAX）

隠密、はいいとして、誘惑耐性、こりゃアレだ。もし罰ゲームで女子に告白されたとしても舞い上がってついYESと言ってしまわないためのスキルだろう。もし浮かれて告白を真に受けてしまえば「うわーナルヶ谷《がや》マジに受け取っちゃってるよー！　ウケルッ！」とクラスでさらし者にされてしまう。受け流せる様なストレスじゃねェ!!　同じだ、あの時と!!

だが、耐えられる。

女子に好意を示されても100％ハニートラップという数え切れない過酷な原体験が俺を叩《たた》

き上げた。邪魔だッ！

で、木人拳って何よ？　あの、アレ？　わかる人にはわかる、あのアレ。いやでも俺、地下で鎖に繋《つな》がれたチョイ悪師匠と出会ってないし、肉まんの皮だけむいて食ってないし……。

自分でも詳細がわからんが、とにかくこのスキルもカンストしてる、らしい。

今までだって俺のステルススキルはそうとうなもんだった。

条件さえ整えば、マジで親だって目の前の俺に気付けない。そんな域に達していた。ステルスヒッキーの異名は伊達じゃないわけだ。

それが……さらにカンスト、だと？

自分でも信じにくいが、どうもそうらしい。

どうして気付いたかというと、朝起きて、鏡を見たからだ。

『ほげえええええええっ!?』

なんと俺、映ってなかった。

と思いきや、精神を集中すると映った。良かった。俺は実在していたんだね。

だけど一瞬、確実に存在感がゼロの領域に達していた。自分すらあざむくセルフステルス。

こいつはいったいどういうことなんだ!?

「ふにゃあ～ん……これはあくびです。作ってないよ、作ってないの。てんねんだよ」

誰もいないリビングに、妹の小町《こまち》が言い訳がましいひとりごとともにおりてきたようだ。

妹よ、自分でてんねんと言うことほど打算的なことはないのだぞ。

俺は鏡の前からリビングに向かう。足音は立てない。というか立たない。スキルマ隠密が俺に無意識に気配を絶たせている。おいおいパッシブか？　オンオフできねーのかよ。ぶっ壊れキャラじゃねぇか俺。いやまぁ、俺は別の意味でぶっ壊れてるかもしれん……コミュニケーション能力的に。

それにしても小町のやつ、すぐそばにいる俺の存在に気付いていないとは。家族だというのに嘆かわしい。さすがに家庭内スルーはつらいぞ。

おい、小町！

どうして声出ないんだよ。これじゃしばらく誰とも話してなかった人みたいじゃないか。いやほんと出ないんだよなアレ。コンビニで「ハイ」と言うだけでつかえちまう。はっ、そういえば昨日は、祝日なのをいいことに丸一日家族とすら会話してなかった。でもたった一日だぞ？　俺ほどにもなると、わずか一日で数ヶ月分の引きこもりを経験できてしまうというわけか。おいおい、俺は無の化身か何かか？　冗談じゃないぞ。ステルスな上に声まで出ないなんて、俺TUEEEEどころか俺INEEEEだ。

「……こ……まち……」

「はて子？　なんか聞こえたような？」

なてな、の擬人化らしきあざとい言葉を口にして、小町《こまち》はキョロキョロ目をさまよわせた。目線は俺の上を素通りしていく。なんとマジで気付いてもらえない。

「小町、いくらなんでもそれは傷つくぞ！　俺はここにいる！」

さすがに腹から声を出せば、ちゃんと聞こえる声量になったようだ。小町の目がふらふらとしながらも、やがて俺の顔に据わった。

「はっ、お兄ちゃん？　いつからそこにおった？」

「実は……最初から……おったぞ……お前が……気付かなかっただけで……」

「おおう、そうだったんだ。今日のステルスっぷりはいつにも増してすごフルだね！　なんだか声もちょっと不安定っていうか、ノイズ混じってない？」

すごい＋パワフル……か？

「どうも今日は……喉が……いがらっぽいんだ」

「十メートル先からかすかに聞こえるラジオみたい」

そんな風に聞こえていたのか。確かにそれじゃあ話しかけても反応されないわけだ。そうか……俺は喉がいがらっぽいと遠くのラジオみたいな声になるのか。どうりで人に話しかけても三度に一度は戸惑うような反応をされた上にスルー食らうわけだ。俺はイケボでさえないラジボなのかよ。声にすら生身感がねぇ。

「お兄ちゃん、今日はいちだんと存在感が薄いよねえ。呼吸止めてた？」

「いや、俺は神の不在証明《パーフェクトプラン》とか使えないから」

息止めてる間だけ気配絶てないから。

「んんん〜？　なーんか変だなあ。どこだろ」

小町は俺の顔をまじまじと見つめた。見つめられるってイイ……存在を認められている感じがする。

と思いきや、小町は途中で何度も俺を見失ったかのように目をしばたく。まさか凝視してる最中にも俺を見失っている？　え、そこまで？　カンストスキルってそれほど？

「あ、わかった！　髪がのびてるせいだ」

「ん？　確かにちょっと鬱陶《うっとう》しくなってきたところだな」

指先で前髪をつまんで引っ張る。確かに目が隠れてしまっているから、けっこうアレに近くなってる。アレだ、ご高名な鬼の太郎さん的な髪型。目玉のおやじさん的な人の息子であらせられる、あの方。ちなみに俺の頭頂部には妖怪《ようかい》アンテナ的な寝癖もたまに立つ。茶柱と同じでレア物だから、見つけた人は拝んでくれていいぞ。

それにしてもやけに視界が暗いと思ったら、自分の前髪に日光が遮《さえぎ》られていたんだな。日頃から暗い青春を過ごしていたせいで、物理的な暗さに気がつかなかった。

「おばんどすえ」

のれんをかき分けるみたいな手の動きで、目を露出する。おお、明るい明るい。部屋が明るいと気持ちまで明るくなってきちゃいますね。陰気な性格はそのままで。

「ちょっとどころじゃないよ。切り時、オーバーしちゃってるよ。もっさり君だよ、今のお兄ちゃんはもっさり君」

そのリアルに言われてる人が大勢いそうな呼び方はやめて欲しい。

「いや俺くらいになると、多少もっさりだろうがスッキリだろうがあんま周囲の評価は変わらないからよ……」

「そんなことないよ。見てる人はちゃんと見てるから。せっかく三連休なんだし切ってきたら？」

「……んー」

横着《おうちゃく》というのもあるが、実のところもうひとつの秘めたる理由があるのだ。そちらが真といってもいいくらい。

有り体《てい》に申しましてそれは金。

普通、髪を切るのは月に一度だ。美容意識の高いやつは月二回カットするらしいが、それはブルジョアの特権である。プロレタリアたるこの俺は、月一以上では行かない。いや厳密なところ、月に一度すら行かない。

カットに行く感覚を数日ずつずらしていくことで、親からもらうカット代をジワジワと節約、着服できる。具体的には35日ごとにカットに行くことで、毎月5日ずつ稼げる。この錬金術により、俺は小遣いをいくらか増額することに成功していた。中・高校生のお小遣い節約術としては主流のひとつだろう。1000円カットを駆使すればもっとえぐいビジネスも可能だが、それはわりとバレる。というかバレた。

ということを小町《こまち》に説明してやると、

「それは悪のテクニックだよ、イーブルお兄ちゃん」

「俺もいろいろと入り用でな」

「円盤とかまんがとか買いすぎなのではないかと」

「買ってるっつうか回してるんだよ俺」

「回す？　何を？」

「日本経済」

小町はため息をついた。

「兄さん、つまらないことは言うもんじゃないぜ。自分の価値を下げるだけさ」

「お前のいう価値って小町ポイントのことだろ。お前次第すぎるだろ」

「経済を回すんなら、もっと服とか髪とかにもお金使ってもいいんじゃない？」

「……小町のそのTシャツさあ、いくらだ？」

「これはプチプラのやつだから、1200円だったかな？　安いでしょ？」

「安いか？　小説二冊分なんですけど……」

「意義あり。その発想はいくない」

　衣食住にある程度金がかかるのはしょうがない。それは理解しているが……。不本意だがこれも勉強だ。小町《こまち》には叩《たた》きつけてやらないといけない。現実という名の鉄槌《てっつい》を！

「知ってるか？　服って布なんだぜ？」

「知ってる？　ラノベって紙なんだよ」

「おい、よせ、やめろ」

　ブーメラン！

　この話題は触れてはならぬ禁忌《きんき》だったか……。

「すいません小町さん、よくわかりました。身だしなみは大事です」

「わかればよろしい」

　とムフ顔になる。笑ってはいるんだけどどこか下心みたいなものもあるあの笑い方。あだち風味の。

「そうだな。予定もなかったし、切りに行くか」

　ついでにマイソウルフード、ラーメンを食って行こう。一生のうち、ラーメンをいただける回数は限りがある。特にヒッキー気質の俺は外出する頻度が一般人に比べて乏しい。食える時にはきっちり食っていかねば。そういや平塚《ひらつか》先生からおすすめ店を教えてもらってたな。体脂肪の99％が背脂でできているといわれるラ王、平塚静《しずか》のチョイス。間違いないはずだから、こういうタイミングで攻めてみるのは悪くない。確か虎ノ穴《とらのあな》だったよな？　ネット情報によりますと、場所は稲毛《いなげ》とのことです。おお、ぜんぜん行ける範囲だぜ。

よし、髪切るのは面倒だけど新規開拓店を攻めてみるか！

それにしても飲食店に食いに行くことをよく攻めるって言うけど、この語感ってなにげに気持ち悪いよな。いやまぁ、俺自身けっこう使っちゃってるんだけどさ。


満席だったため店の前のベンチで待つこと15分。客は何人か出ていったのに、店員が呼びに来てくれません……。

入り口を少し開けて、中に呼びかける。

「あの……ザザ……すいません……ザッ……まだ入れません？」

俺のラジボが店員を呼び止め……ない！　呼び止められない！　素通り！　ちょっと話しかける時に咳《せ》き込んでしまい、ノイズが強まったせいだ。パッシブ隠密スキルパネェ！

「あっ、駿《しゅん》君！　ここあいてるよ！　あ、あれ？　お尻になにか当たった……？」

「どわあああっ!?」

突然、知らない女の人が俺の膝の上に座ってきたので、思わず叫んでしまった。

「きゃあ!」

女の人がびーんと海老反《えびぞ》りになる。連れらしき男(たぶん彼ピッピ)が、どうしたどうしたよオイ、と泡食っている。俺の存在にはまったく気付いている様子がない。

驚かされた俺の悪戯《いたずら》心に火がついた!

「ごめんなさいシュン君! 持病の切れ痔が本気出したみたいで!」

「ええっ、お、おまえ切れ痔だったのか……知らなかったよ……まだ若いのにけっこうな持病だな……」

「ええっ? 何言ってるの駿《しゅん》君? あたし切れ痔じゃないよ! つか今あたしのフリして喋《しゃべ》ったの誰!?」

「なあ、ルミたん、痔なのにこんな刺激物を食うのはまずいんじゃねーの? もっとケツに優しいものにしねぇ?」

「だから痔じゃないってば! ねえ、今ここに誰かあたしのフリしたヤツがいなかった? このベンチに座ってたと思うんだけど?」

「い、いや、最初からそこには誰も座ってなかったよ……」

シュン君が困ったような顔をする。対するルミたんは怒りと羞恥《しゅうち》があいまって、トマトみたいな顔色だ。だがこのトマト、血管ビキビキに血走っていて人も殺しかねないぞ……。

「確かに座ってたんだって! 絶対いた! お尻ぶにゅってなったもん! あっそういえばな

んかカタいものが当たった気がする！　たぶん当たった！　きっと絶対当たった！　確かに当たった！　間違いなくわいせつ目的で当てられた！　あいつ痴漢だああッッ！」

般若《はんにゃ》かよ。

間近で不確かな疑惑が冤罪《えんざい》へと変貌《へんぼう》していく様を目《ま》の当たりにして、俺は恐怖に打ち震《ふる》えた。しかもこれ、自分自身で真実だと信じ切ってるパターン。たち悪すぎる。電車で痴漢認定受けたらマジ抹殺だってことがよくわかる。マジまんじどころの騒ぎじゃねぇ！

ちなみに当たったカタいものってのはベルトのバックルだよ。そう話してもまず信じてもらえるとは思わないが。隠密スキルがカンストしていたことに救われた。

「落ち着けよルミたん……誰もいねぇよ……そうだ、もっとウマい店があったんだ……そこに行こうぜ？　いや俺が食いたいんだよ。痔を気にしてとかじゃないよ。痔は誤解なんだろ？　俺はルミたんのこと信じるからさ……とにかくもっと、いろいろ優しい店に行って、いつもの優しいルミたんに戻って欲しーんだわ……」

うわあ、シュン君立派。カップルってのも大変だよな。ああいうことができる者のみが彼女を持てるんだろう。俺にはとても無理だから、見合い結婚を目指そう。

……なんかラーメンって気分じゃなくなっちまったな。また店員にスルーされるのもしんどいし。先に髪を切っておくか。

髪を切る店を適当に探し歩いていると、強い違和感を覚えた。

……人が俺を避けていかない、だと？

いつもだったら道を歩けば、人の方から俺を避けていく。特に年若い女性ほどその傾向が強くなる。同世代以下の女子であれば、たいていは俺の顔を見るなり魔球ばりに急カーブ、弧を描いて避けていくのだ。

この前も「アタシはアタシ大人は関係ない」といった雰囲気の世界反抗期系女子が肩で風を切って歩いてきたが、俺の前に来た途端に「ひっ」と叫んで道の脇にすっ飛んでいた。ふるえていた。同級生からはクールで近寄りがたいと思われているんだろうが、俺にかかれば子鹿も同然だぜ。ハハハ、どうよこの歩行強者っぷり……俺にとって歩行はイージーゲーム……イージー……ん、なに？　この胸を刺すような痛みは……。

ちなみに逆に高齢女子になればなるほど俺を避けない。五十代以上になるとむしろ可愛《かわい》がってくるまである。やはり人間、レベル50を超えてくると精神耐性もカンストしたりするんだろうか？

話を戻すと、それが今日に限っては道を歩く女子どもがまったく俺を避けないのである。すれ違いざまに肩がかすることすらある。馬鹿な！　これでは電車で、隣に女子高生が座ることすらあり得る。宇宙物理学的にそんな事象が起こり得るんですかホーキング博士！

しかしここまで存在感が薄まると、逆に面白くなってくるな。

再び悪戯心《いたずら》が沸き起こった。

なんか、しちゃう？　隠密カンストしている者としてのふさわしい行いを。

俺は前方を、同じ方向に歩いている親子連れに目をつけた。

若い母親と幼い娘。ターゲットとしてはうってつけだ。通常なら不審行為として捕縛もあり得る危険行為に、今から俺は出る！

足早に親子に迫る。無防備な背後から。そして……追い抜く。

そぉい！

決まった！　……追い抜き行為。

日本で最も危機意識の高い存在、幼い娘をもつ母親。その意識の高さは、ただ男が道に立っているだけで通報してしまうほどである。今の追い抜き行為ならさらに罪深くなる。付近にサラリーマンが数人いたら、その場で取り押さえられてもおかしくないほどの性犯罪だ。

もし俺の隠密スキルが発動していなければ「本日午後一時ころ、千葉市稲毛《いなげ》区で若い男が背後から足早に母親とその娘を追い抜く事案が発生しました」と通報されていたはずだ。

しかし。

「ママー、今何か抜いてったあ」

「誰にも追い抜かれてないじゃない。こんな人の多いとこで、そういうおかしなことする人はいないよ」

「ぜったいいたんだけどなあ……」

マジで追い抜きはおかしなこと扱いなんだな。隠密スキルがあって良かった。

それにしてもキッズはさすがに気配くらいは察知したみたいだな。おそらくだが俺のこのスキル、社会的隠密なんだろう。つまり社会的存在感による透明化だ。よって社会に染まっている者には効果的だが、キッズに対しては完全な隠蔽《いんぺい》はできないんだろう。

これはすごいことだ。このスキルを磨けば、いずれ俺はルパンの域に達することすら叶《かな》うかも知れん。だけど泥棒は犯罪行為だ。盗むなら罪のないものにしないといけない。……あなたの心です（キリッ）。

と、なんと十メートルほど先を顔見知りが歩いていた。

ヤツはまさか!?

えーと、クラスメイトの、何度か絡んだ、葉山《はやま》のとこの、あのチャラついたやつ。……おいニッケス、お前、何て名前だっけ？　俺はボマーだけど。

思い出した。葉山グループのお調子者、関口《せきぐち》だ。嘘《うそ》です。

冗談はさておき、あいつは戸部《とべ》だ、俺の記憶が確かであればな……。

その戸部がとべとべと真正面から歩いてくる。学校で見る時より、気持ち猫背な印象だ。覇気がないというか、だるっとしている。これはもしかしなくてもノンキャラクター状態、ノンキャであろう。つまりキャラ作りを一切していない素、自宅でおかんと会話してる時のモードだ。どんな陽キャでも自宅でおかんと会話してる時はノンキャなものだ（母親と仲良し系女子は除く）。ノンキャって要するにそいつの本当の性格だ。誰ひとりノンキャではいることを許さない教室空間のおそろしさよ。

にしても、こんなところで出会うなんてたいした偶然だ。このままだとすれ違うコースだが……挨拶《あいさつ》、するか？　さすがに赤の他人ではないし、クラスメイトだ。軽く挨拶くらいはした方がいいのは間違いないが……うん。まぁ、正直メンディーよね。関口……ではなく戸部は知ってるけどまったく親しくはない相手だ。言うなれば赤の他人以上知り合い未満。ギリギリで相互スルーも許されるんじゃないか？　向こうだってそう判断するんじゃないか？　お互い気楽な優しい世界が到来するんじゃね？

……いや、さすがにこの真正面からじゃあ、ねぇか。これでスルーしたら、完全に悪意ありって取られるおそれもあるしな。仕方ない、挨拶するか。俺は戸部が接近したタイミングを見計らって、もっとも自然と思わせる挨拶をした。

「うぃっす」

「…………」

俺のイケボが戸部を呼び止め……ない！　呼び止められない！　素通り！　こんな至近距離からのスルーはさすがに無残！　むーざんむーざん！　心に開いた傷口から、俺のナイーブメンタルがうどん玉の如くこぼれた！　難しいのはこれが隠密スキルによるものか、戸部《とべ》のスルー判断によるものかわからないところだ。いや俺今、腹の底から声出したよ？　こうなったら呼び止めて確かめてやる。

「おい、戸部」

「……え？」

声をかけると、戸部はキョロキョロと周囲を探した。目線が俺の顔を流れていく。やはり戸部も俺の存在に気付けなかった。間違いなくスキルの作用だ。

俺はきょろきょろきょろっぴな戸部君を残し、その場を離れた。スキル効果はパッシブだから意思ではどうしようもない。

ここまで来るとマジで悪用可能なんじゃないかって思えてきた。そうはいっても庶民たる俺には悪い用自体が思いつかないわけで、宝の持ち腐れもいいとこ。鬼にひのき棒、弁慶《べんけい》にたけのやりだ。や、鬼や弁慶だったらそれらの武器でもダメージ凄《すご》そうだが……。

とにかく知り合いと出会っても、向こうは俺を見つけられないから、わざわざ悩んだり隠れたりしないでいいらしい。

あれあれおかしいな。スキルで無双してるはずなのに、ちっとも楽しくない……。隠密が決まるたびに少しずつ傷ついていくぞ。心の回復スキルはいつ覚醒するんですか？

もういいや……どこでもいいから髪切ってどこでもいいからラーメン食って家に帰ろう。

あの温かく、何にも傷つけられることのない俺ルームへ……。

しばらく通りを歩いていると、おっしゃれーな感じの美容室を発見した。外観だけでもうわかる。ここは若い女性客に大人気のサロンだろう。となれば美容意識の高い若い男性にも人気だろう。メニューにもメンズＯＫと書いてある。だがここに入るのは悩ましい。ちょっと俺にはおっしゃれー過ぎるし、こういう店は予約専門だったりもする。

そもそも俺は以前、とある美容室で入店と同時に「あー、申し訳ないんだけど君みたいな人にはうちの作風は似合わないと思うよ。他のとこ行ったらどうかな」と追い返された記憶があり、トラウマになっている。聞いた奥様、作風ですって！　おっしゃれーなサロンなんだから追い返すにしてももうちょっと言葉を選んで仰れー。

ということで、この店はパスする。店の前を通過しかかった時、ドアが開いて知った顔が出てきた。

「ありがとうございましたー☆　また来ますー☆」

見送る店員に礼を述べているその少女は、なんと由比ヶ浜結衣《ゆいがはまゆい》だった。髪を整えたばかりなためか、普段よりキラキラしたものをまとっている。なんなんだよそのガールズエフェクトは。女児アニメに出てくる憧れの先輩登場シーンかよ。なんかセリフにも☆がきらめいてるし、輝きすぎだろ女子高生。あんま調子のんなよ？

部室で会うのは慣れたけど、外で知り合いに会うのは気後れする。いまさら照れくさいとか面倒くさいというわけじゃないが、心が疲れるんだよな。だが今の俺には、スキルがある。隠密でこのまま通り抜けてしまうことにした。

そぉい！

……よし、隠密成功。

由比ヶ浜《ゆいがはま》の目前を、俺は平然と通り過ぎた。由比ヶ浜は俺の存在には気付けない。この距離だったら、普段なら一発で認識されているところだ。だが安心しろよ由比ヶ浜。別にお前が薄情ってわけじゃない。俺が凄《すご》すぎるだけなんだ。

十メートルも歩いて、さあ改めて店探しだと気持ちを切り替えた瞬間だった。

「ヒッキー？」

前髪をのれんのようにかき分けて、由比ヶ浜のおフェイスがぬっと「おばんどすえ☆」してきた。パーソナルエリアを盛大に領空侵犯された俺の驚きは尋常なものじゃない。

「きゃあああっ!?」

「わっ、びっくりした。……女の子みたいな悲鳴出さないでよー☆」

びっくりして当然だっつうの。奇襲攻撃だっつうの。通常ならソク開戦だよ。リメンバーパールハーバー。リメンバーマイフェイス。

「な、なぜ俺だとわかった？」

「さっきすれ違ったじゃん☆　いつもと雰囲気違うから一瞬違う人かなーと思ったけど」

「お前、人の前髪に指先を突っ込んでおばんどすえーしてたけどよ、あれもし赤の他人だったら恥ずかしくて恥ずか死するところだからな」

「う……その可能性もあったね。うひゃあっ、考えると恥ずかしいー☆」

そんなこと考えもしなかったという様子で、頭を抱えるように照れくさがっている。

……こういう人種って恥かくことや失敗を恐れないよな。

だから平気で知らない人にも話しかけるし、相手の懐《ふところ》に飛び込む。失敗もするんだろうが、何度もチャレンジするから結果として友達の輪も広がっていく。いうなれば人間関係のヒットアンドアウェイ。いや、アウェイ……離れるんではなくウェーイするからヒットアンドウェーイと呼ぶべきか。ちなみにぼっちの交友戦略は穴熊《あなぐま》。話しかけてくるの待ちである。いきなり将棋用語になるところもぼっちっぽい。

「でも思った通りヒッキーだったし、結果オーライ☆」

「あ、もしかして髪切った？　なんかキラキラしてるし」

「えっ……わ、わかる？　今日はちょっと整えただけなんだけど、わかってくれるんだ☆……ってヒッキーさっき店から出てくる時見てたよね！」

照れ照れしたかと思いきや一瞬で幻滅顔。幻滅顔というのは、なんか目がバッテンみたいに戯画化されるアレのことです。つうかなに一瞬「気付いてくれた！　超嬉しい！」みたいなピュアオーラ出してんのよ。冗談を振った俺の方が戸惑ったわ。

「で、何してんの？」

ちょっとテンションを落として質問してくる。あと鬱陶《うつとう》しいと思っていた☆も消えた。精神状態と連動してるんかな。

「ああ、ちょっと髪でも切ろうと思ってな。どうものびすぎてたせいで、雰囲気変わっちまったみたいで」

「あ、うん。連休前の時点でけっこうのびてるなーと思ってたけど、今日はかなり一線越えちゃってるね。けっこうまずいと思う」

「おい、まずいってどういう意味だ。髪が多少のびっぱでまずい局面なんてあるのかよ」

「……え、そりゃ、警察、とか？」

「警察⁉」

今の俺ってそんなレベルなの？　やだ、嘘《うそ》でしょう？

「あ、すぐ逮捕されるってことじゃなくて……でもその、何かしそうな感じあるから。その、爆弾、みたいなのとか？」

「お前それほぼほぼヘイトスピーチだからな」

「ん、どういうこと？　爆弾魔の人に失礼って意味？」

逆です。俺に対する差別って意味です。衝撃発言である。由比ヶ浜《ゆいがはま》の脳内において、俺のヒエラルキーが爆弾魔よりちょっと下っぽくないと今の発言は出ないはずだから。

その図式に自分で気付いたらしく、あっと叫んで慌てて言い繕《つくろ》いはじめる。

「違うの」

「違うのか」

「マジでそういう意味じゃなくて……ただちょっと許容範囲外に出ちゃってるだけっていうか……」

もっとひどい言い様だよ。自力で非礼に気付いたんだから最後まで気付き抜けよ。

「ぜってぇ……オラぜってぇ髪を切っぞ！　もう二度と許容範囲げぇなんて言わせねぇ！」

全身から気を放ちながら俺は決意した。

「あ、じゃあさっきの店で切る？　紹介しようか？　あそこね、こないだ雑誌とテレビで紹介されて、今女子の間ですごい話題になってるんだ。クーポンもあるよ」

「え、いや、ああいう小洒落《こじゃれ》た店はパス。もっと気楽なとこでないと……」

「美容室ってどこもあんなだと思うんだけど」

「たまに微妙に外してる空気感の店があるんだよ」

「微妙に外した空気感の店に行ったらダメじゃん。変な髪型にされちゃうよ」

「この際、出来映《ば》えには目をつぶるさ」

「えっ、どうしてそんな……？　意味わかんない。普通にいい店で切らないと」

「普通にいい店は、爆弾魔の髪なんて切りたがらないんだよ」

「そんなことないよ！　例によって変な誤解してるっぽいけど、仕事なんだから真面目にやってくれるって。いいから行こ！　そうだ、あたしが注文出したげる！」

よほどその考えが気に入ったのか、由比ヶ浜《ゆいがはま》の顔がぱあっと輝く。

対して俺はどっと疲れた。俺の精神疲労ゲージはＭＡＸ（コーヒーじゃない方の意味）に達している。今ならゲージ消費で技出すぞ技。

色物客になるのは嫌すぎる。俺はただサッと入店してチャッチャッとカットしてサクッとご帰宅したいだけなのだ。たったそれだけのことが難しいのだから、やはり俺の生きる現代社会はまちがっている。やはり俺自らの手で正さねばならぬのか。はっ、この考えをこじらせると爆弾魔になっちまうのか……？

「……マジで勘弁してくれ。ああいう店ほんとムリ。店側が俺みたいな客を嫌がってんだから、とても平気な顔して入れねーわ」

「そんなこと……」

「ないって本気で思うか？　射程範囲外の男を歓迎するか？」

由比ヶ浜は言葉に詰まる。その沈黙が答えだった。顔見知りで根が善人の由比ヶ浜でも判断に迷うくらいだ。世間一般の人々ならもっと自分の嫌悪感には正直だろう。

「そういうことで、俺は空気読んでもっとふさわしい店に行くさ」

「ヒッキー……」

由比ヶ浜《ゆいがはま》は悲しげに目を潤《うる》ませた。だがすぐにぱあっとなった。ぱあっとなりすぎである。電球かお前は。

「そうだ！　いいこと思いついた、あたしが切ってあげようか？」

「……は？」

いつも由比ヶ浜の口にすることというのは、ことさら悪く言うつもりもないが、予測の範《はん》疇《ちゅう》であることが多かった。一般論というか、綺麗《きれい》事というか。それがこの時は、まったく予想だにできない、異次元の彼方《かなた》から来た提案だと感じられた。

「お前が俺の髪を切る？　マジで？　できんの？」

「本格的なのはムリだけど、サロンで男の人がカットされてるのよく見てるし、整えるくらいだったらできるよ」

「ええ、さすがにきついだろ。めちゃくちゃ変な髪型になったらどうすんだよ。ごめんじゃ済まないぞ」

「お言葉なんだけど、ヒッキーってたまに寝癖残したまま学校来てるよね」

「……あー」

「そういう人が、髪型変とか気にするのはおかしいと思います。まる」

「……まぁ、確かにそうかもしれんけどな…………………その通りだ」

返す言葉を探したけど見つからなかった。はい論破（された）。

「整えるって、どんなことすんの？」

「ヒッキーの希望次第だけど、せいぜいハサミでちょこちょこやるくらいだよ」

「ちょっと手違いでモヒカンにされるとかはないわけだな？」

「あるかーい！　っていうかできるかーい！　モヒカンってバリカンで作るんでしょ？　ムリムリムリ」

それならリスクは思ったほどじゃない。ちょっと整えるだけなら、失敗しても改めて店に行けばいいわけだし。

「……た、頼んじゃっていいのか？」

「うん。このあとの予定はないし、全然おっけーだよ」

「じゃあ……お願いしちまおうかな。どうも髪型が変わって、印象が激変してるっぽいし」

「うん。近くに公園あるから、そこでどう？」

公園でそんなことしてたら通報されないか、と心配しかけたが、由比ヶ浜と一緒にいるだけで世間一般からの不審度は大幅に軽減される。さまざまなカットの面倒事からも解放されるし、リスクもないし、俄然《がぜん》乗り気になってきた。

それに……冷静に考えると……女子に髪を切ってもらえるわけで。それってとっても素敵やん？

「是非お願いしますぞ」

「あれ？　なんか急に寒気がした……おかしいな……今日はあったかいのに……」

女子の生理的嫌悪感って、すごい感度だよな……。


稲毛《いなげ》の公園は、素朴な公園イメージをそのまま現実にしたみたいな場所だった。すぐそばには松林があり、近くには稲毛浅間《あさま》神社などもあるらしい。そのためか厳粛な空気がどことなくこちらの方にも漂って……くるほどでもなく、普通に公園である。

休日の午後にまで素朴な公園で過ごしたくないと思う家族が多いらしく、思ったほど人はいなかった。ほっ、これなら『公園で若い男が存在していた事案』として通報されずに済みそうだ。

「買ってきたよー」

目立たない場所に俺を座らせると、由比ヶ浜《ゆいがはま》はダッシュでどこかにすっ飛んでいった。

「なにを買ってきたんだ？」

「100円ショップがあったから、いろいろ調達してきた」

由比ヶ浜が買ってきたのは、小さなすきバサミと、プラスチック製のコームだった。

「紙袋をこう切って広げて……これ、首に巻いて」

包装紙でちょっとしたケープのようなものを作る。その手さばきはなかなか器用だった。

「これね、雑誌のセルフカット特集に載ってたんだー。切った髪を受ける簡易ケープ。興味あったんだけど自分じゃなかなか怖くて試せなかったんだよねー」

「つまり俺は実験台だな」

「大丈夫！　先っちょだけだから！」

　ああこいつ、自分がかなりシモいことを口にしたとは気付いていないんだろうなあ。指摘しないでおいてやるけど。

　俺の後ろに立ち、由比ヶ浜は両手にハサミとコームを持つ。にひっ、と笑う。

「お兄さん、学生？」

「……学生でしたけど中退して今は引きこもり三年目です」

「会話絶ち切りにかからないでよ！　触れにくくなるよ！」

「すまん、いつもの癖でつい」

「いつもやってるんだ……」

「いい店だと、こんな牽制《けんせい》しなくても余計な話なしでチャッチャと切ってくれるんだよ」

　ちなみに美容院でも空気読む力がある店は、このあたり一発で配慮してくれる。逆にわかってない店は、ひたすら強引に会話しようと質問漬けにしてくる。そんな店には二度と行かないが。

「サロンでのおしゃべりが楽しいのに。美容師さん、いろいろ話してくれるんだよ？」

「あ、そーゆーのいいから俺。興味ないし」

「学生さん気難しいねえ。今日はどんな風にしましょう?」

「適当によろしく」

「ほんっと難しいよヒッキー!」

美容師キャラを早々に破棄し、弱音を吐いた。

「いや、髪型の正確なオーダーなんて出せねーよ俺。お前らみたいに、いつも受験勉強以上の熱心さでファッション研究してないっての」

「でも適当って言われた方も困るよ……どんな地雷が埋まってるかわかんないじゃん?」

「適当って言われてモヒカンにする美容師なんざいないだろ。俺の背格好から、だいたいのところに着地してくれればいいんだが、そんなに難しい注文か?」

「う―――ん……」

難しいらしい。こういうのも、カット注文の高いハードルだと思うぼっち俺である。

「お前目線で、俺のおかしいとこってどのあたり?」

「そうだね……全体的にのびてるせいで、シルエットが違っちゃってるし……あ」

由比ヶ浜《ゆいがはま》がなにかに気付いたらしい。

「どうした?」

「わかった! 前髪で目が隠れてるせいだ。それで印象がガラッと変わってる」

「どう変わってるんだ？」

「ヒッキーの目って、悪い意味ですごく印象強いんだよね。パッと見たら、たいていは目つきに引き寄せられちゃうんだけど……」

ああ、俺は目つきが悪いからな。

「それが隠れると、なんていうか……ごにょり」

由比ヶ浜は言いにくそうに言葉を濁らせた。

「いいよ、言ってくれよカリスマ美容師さんよ」

「……う、うん。じゃあ言わせてもらうけど……目つきのないヒッキーは、すごくモブっぽい気がする」

「モブっぽい……？」

一瞬ショックを受けかけたが、納得もあった。そうか。腐った魚の目つきとは、俺を識別する最大の記号だったのか。

「しかもただのモブじゃなくて……モブオブモブみたいな？　よくいる人を通り過ぎて、どこにいようと自然に受け容《い》れられそうな……背景？　書き割り？　そんな雰囲気で……」

確かに小町《こまち》ですら俺を見失いかけたくらいだから、その言い分は正しいのだろう。なに？　俺のチャームポイントって腐った目つきだけなの？　他にはないの？　って言うかチャームじゃないよね。ウィークポイントだよね。弱点ですよねこれ。今までみんなして俺を弱点で認識してたのか？

「な、なあ……それって俺の人生、ほぼアウトってことにならないか？」

「ええっ、どうして？」

「俺は目つきが悪いってよく言われる。自分でも欠点として認識してる。それを、たとえば将来的に直したとするよな……そしたら、誰も俺のことなんて記憶できなくなるんじゃ？」

すなわち欠点を克服してもアウト、しなくてもアウトである。

「ヒッキー……大丈夫！　そんなことにはならないよ。あたしがなんとかするから！」

俺の不安そうな態度を見て、由比ヶ浜《ゆいがはま》のやる気に火がついたっぽい。

「ぐ、具体的には？」

「髪型のせいだから、カットで解決する」

「でもちょこっとしか切らないんだろ？　そんなんじゃ……」

「ふふん」

由比ヶ浜は自信ありげな顔をした。

「ちょっといじるだけでも、ガラッと変わるものだよ」

「おお……」

普段は決して押しの強いとはいえない由比ヶ浜が、珍しくも不敵だった。やだ、普段とのギャップもあいまって頼もしく感じちゃう。この子になら、俺の頭を任せてもいい……。

「前髪をちょっと切って目を出そう。それだけで激変するよ」

激変……激ヘン？　激烈にヘンになっちまうのか？　そんな想像にびくつく。大丈夫、今日の由比ヶ浜、大丈夫。俺、由比ヶ浜、信じる。オレサマ、オマエ、ヨッカカリ。

「男子の髪いじり！　こーいうの一度やってみたかったんだー！」

なんだよ、髪だけでいいのかい。もっといろんな部位をいじってくれてもなんだったら俺は構わないんだぜ……。全身を捧げるくらいの気持ちで、目を閉じる。次の瞬間だった。

ばつん。

「あ」

おおっと、けっこう豪快な音が聞こえてきたぞ。相当量の頭髪をカットされたんじゃないか？　不安かって？　いいやちっとも。ガラじゃないとは思うが、今日の俺は由比ヶ浜を信じたい気分なんだ。日頃から受験生レベルの熱心さでおしゃれ雑誌を激読している由比ヶ浜だからこそ、ここまで信じ切ることができる。で、その「あ」という声はなにかね？

「ごめんヒッキー！　ヒメカになっちゃった！」

「は、はい？」

俺は目を開いた。しかし髪切りショップとは違いただの公園ゆえ鏡はなく、自分の姿を確認することはできない。

「おお、前がよく見える。スッキリしてるけど……ヒメカって何？　リスカの一種？」

「違う違う、姫カットのことなんだけど……」

それなら知ってる。前髪ぱっつんのやつだ。そういうアニメキャラ、けっこういます。待って待って、俺がそれになっちゃったってこと？　この俺が萌《も》えキャラに？　ＴＳ（性転換）ものってこと？　やだ、俺にはまだそんなの早すぎるの……。

「か、鏡……鏡見せてくれ！」

「み、見ない方がいいと思うよ！」

「でも見ないと判断できんだろ……大丈夫だ、俺におかれましてはご幼少のみぎりからつらい現実を直視することには慣れてるんだ。耐えられると思う……」

「そんな地獄のような人生を？　う、でもやっぱ待って……まだなんとかできるかもだから。左右で長さが違うから、ひとまず揃《そろ》えて……」

ばつん。

「う」

「由比ケ浜《ゆいがはま》さん!?　今の、う、ってなに？　マンボ？」

「マンボってほどじゃないよ……まだワルツくらい……。お、落ち着いて。まだリカバー可能。可能なはず。行ける行ける。あたしには盗んだ技がある……」

俺に対するってより自分に対する叱咤激励《しったげきれい》じみてきたな……。

「し、信じてるぜ」

「前を切りすぎて、いる気がする……」

由比ヶ浜のご英断。両サイドの髪がばつんとやられた。どうして毎度ばつんなんだ。もっと小刻みにカットするもんじゃないのか？　ばつんはまずいだろう、ばつんは。素人《しろうと》のカットなら、ちょき……くらいでないといかんだろう。この盛大なばつん連打は、１０００円カットで食らう機械的散髪のそれと似ている気がした。

「こうなったら……ツーブロックにするしかない？　でもハサミでやれるのかな……？」

「お、おい、冒険には出ないでくれ……今日の俺は確かに転生者気味だが、お前は冒険者じゃないんだから……」

「て、てんせい？　や、でも冒険でもしないとこの状況は……ううん、まだ最後の手はあるけど……スキンという手が」

「へあっ？　今なんつった!?」

スキン、と聞こえたぞ？

「な、なんでもないよっ……とにかく諦めちゃダメ、最後までやりきんなきゃ！」

由比ヶ浜がハサミを持ちあげる。

ばっつん。

その音は、致命的な凶兆をはらんでいた。

「……うわあ」

その声も、致命的な凶兆をはらんでいた。きっともう駄目なんだよ。

「ごめんヒッキー、たいへん悲しいお知らせです……」

ああ、由比ヶ浜《ゆいがはま》が言いたいことがすべてわかってしまった。

リカバーは叶《かな》わなかった。そういうことだろう。

俺の前髪は、おそらくもう……（ホロリ）。しかし覚悟はできている。もとはといえば俺がOKしたことだ。由比ヶ浜を罵《ののし》ることだけはすまい。日頃愛読しているラノベから学んだことが俺にはひとつある。ここぞという局面で、女の子を泣かさないということだ！

振り返って俺は告げた。

「気にすんな。俺は髪型なんて気にしてねぇよ。だからお前も……」

「ぷ――――――っ！」

由比ヶ浜が人の顔を見るなりぷしゃあって噴《ふ》き出してくだすったので、殺意ゲージがたちまちＭＡＸ（コーヒーじゃない方）。このままじゃ超必殺技、出ちゃうだろうが。

それにしても俺にはいったい何種類のゲージが備わっているというのだ？　こんなに複雑なシステムでは新規が寄りつかんぞ！　はっ、だから俺には新規の友達が全然出来ないのか？

俺はコア層向けの人材だったんだ！

「……壊したい……お前のその笑顔……」

「ご、ごめっ……自分でミスったのに……ほんとごめっ……ぷっ……で、でもっ」

文字通り腹を抱えて肩を震わせている。俺の顔から必死で顔をそむけているのは、見続けていたら笑いが止まらないからだろう。

「ごめんなさい！」

一分ぷしゃり続けて、やっと落ち着いた由比ヶ浜は、深々と頭を下げた。

「……いいょ……もぅ……」

「えっ、よく聞こえない？　遠くのラジオみたいに聞こえるよ？」

「………」

喋《しゃべ》る気力すらなくなりそうだ。

「とにかく本当にごめん。心の底から反省してます。せめてものお詫《わ》びに、最後までちゃんと責任取ってやりきるから」

「えっ、この上まだ試みるつもりなのか？」

なんかこの子、反省したので最後までやりますって言ってるような気がするんですけど。あれ、反省ってそうなの？　俺の認識だと、反省ってもうしませんってニュアンスだとばかり……。

「あたしのせいでひどいことになっちゃって……絶対になんとかするから」

「き、気負うなよ。もうこうなったら、プロに任せるしかないだろ？」

「うん。そうするつもり。さっきのお店に戻って、わけを話して、助けてもらお？」

「じょ、冗談だろ？　ああいう店はな、選ばれし民だけが入ることを許された約束の地なんだぞ。選民専用店なの。俺は選ばれなかった民だから、入っても相手に迷惑かけるだけなんだって」

「いいから、もうそういうのいいから、責任とらして！　もちろんオゴるから！　仕上がりも完全監修するから！　変なままにはしておかないから！　クーポンも……クーポンもつくんだよ……」

涙目になってるよこの人。

俺は女の涙と、あと女の笑顔とキレ顔にも弱い。ほぼ喜怒哀楽網羅じゃねぇか。だって女さんって怖いんだもん……。

外見は一次停止状態だが、内心ではキョドついていた俺を、由比ケ浜《ゆいがはま》はぐいぐいと引っ張った。踏ん張って嫌がるほどの気力も絞り出せず、なすがままにレッカーされていく。

くっ、約束の地に連れて行かれるのか。いいだろう……こうなれば、実際に見せてやるしかない。

かの山本五十六《やまもといそろく》も言っている通り、（入店拒否を）やられてみせ、（そらみたことかと）言って聞かせて、（謝罪）させてみせ、（これみよがしに）いじけてやらねば、結衣《ゆい》はわからじ。

俺はおしゃれサロンで辱《はずかし》めを受ける覚悟を決めた。

入店と同時に嘲笑《ちょうしょう》を覚悟していたが、チャラそうな女性店長（二十代後半）は予想と印象に反して（と言うのも失礼か）親身になって由比ヶ浜の話に耳を傾けた。

「……確かにこれは少々大変かな。わかりました、営業時間は終わってしまったので、あくまで個人的なレッスンモデルとしてであれば、お直しさせていただきましょう」

「是非お願いします！　料金はお支払いしますから！」

「では500円をお願いします」

「そんな安くていいんですか？」

「レッスンモデルをお願いする時はいつもこうなんですよ。ただ、レッスンモデルは必要な時にこちらからお願いするもので、お客様のご要望でお受けできるわけではないということは、ご理解くださいね」

「は、はいっ。ムリ言ってどうもスミマセンっ！」

由比ヶ浜は平謝り状態だった。

俺は閉店後の店内に案内され、椅子《いす》に座らされた。

当然のこととして、目の前には鏡がある。そこに映った姿を見て俺はあざ笑いかけた。こんなアンバランスなやつ、見たことねぇ！　でもその滑稽な存在って俺ですよね、と気付いて気持ちがダウンする。あれ、俺ってこの頭のまま、この店まで歩いてきたの？　たくさんの通行人に見られながら？　そういや何人かに写真撮られてたような……。勝手にアップされたっぽい？

「うーん、セルフカットにしては大胆に行っちゃいましたね」

「美容師さんがいつもそんな感じだったので、つい……」

由比ケ浜《ゆいがはま》のその素人《しろうと》意見を、店長は笑いもせずになるほどと受けた。

ああ、冷静な態度が頼もしい……。プロとはこうであるべきだと思う。

「全体のバランスを直さないといけないからこちらの判断で切らせてもらいますね」

「あっはい、どうぞご自由に」

「セットは簡単な方がいい感じですね」

「そうですね、あまり……」

「のびたら自然な感じになるようにしておきますね」

と、チャッチャッと髪を切りそろえていく。

ばつんじゃない。この人、ばつんじゃないよ！

しかも余計なこと話しかけてこないし、注文の仕方がわからなくてもチャッチャと切ってくれるし、すごくイイ……。

こんな店なら通いたいくらいだけど、普段の営業時は違うんだろうな。今だけの特別なのだ。

「総武《そうぶ》高校の生徒さん、今日で三人目」

「……もしかして、戸部《とべ》ってヤツですか？」

「あれ、とべっち来てたんですか？」

「あら、お友達なんですか」

「クラスメイトです」

俺にかわって由比ヶ浜が答えた。

「由比ヶ浜さんのカット中に帰っていったから、顔は合わせなかったんですね」

この店は、客と客の間にちょっとしたパーティションが設置されている。だから他の客の動向が見えにくいんだろう。

この店は流行店らしいから、戸部は体験に来たのかもな。全然短くなってなかったけど、あれはなにか。カット〇・二ミリとかで注文してんのかね。

……なんか、大変だな、そういうのも。いちいち流行《はや》りを押さえないといけないなんて。最新のプリキュアを追うだけなら俺も呼吸するようにできるんだが……。

「うちは一蘭《いちらん》方式を参考にして、お客さん同士があまり顔合わせないようになってるんですよ」

何ぃ!?

「ラーメンの一蘭ですか？」

「ええ、カウンターにひとりずつ間仕切りがあって、隣のお客さんが見えないアレですね。私ラーメン好きなんですけど、女ひとりでラーメン食べるのってちょっと勇気いるんですね。だけど一蘭さんはそのあたり気楽で。美容室もそういうところあるじゃないですか。ハードル高いって言うか。中高生の時、私もなかなかお洒落《しゃれ》なサロンに入れなかったから」

「そうなんですか……すごいオシャレなのに」

「必死に取りつくろってなんとかですよ。学生の時は、もーいろいろ暗黒で」

「なんだか想像できないですねー」

と由比ヶ浜《ゆいがはま》。

反応が軽い。由比ヶ浜にとっては、ちょっとイメージしにくい話なんだろうな。雑談として流している。だけど俺にとってはすごく共感できる話だった。

「はい、こんなところですね」

カットが終わった。シャンプーも何もなしの、純粋カット。でもそういうのも俺的には気楽でいい。

「目の印象が強いので、それに合わせて自然にまとめました。いつもより短いでしょうけど、のびればいつも通りになるはずですよ。セットも軽く程度で形になります」

俺は鏡を見て、その出来映《ば》えに驚く。確かにいつもよりだいぶ短い。そういう印象の違いはある。けどバランスは取れていてしかも絶妙というレベル。

「申し訳ないけど、ものすごくお洒落な髪型ではないです。ただおかしな髪型でもないです。技術的には難しいんですけどね。これできたら、見習いから一人前に引き上げますし」

「……ありがとうございました。ちょうどいいです」

「どうも」

由比ヶ浜に支払ってもらい、俺たちは店を出た。

おお、周囲の反応が……普通だ。もうスルーされることもなければ、逆に変な視線を向けられることもない。カメラで撮ってくる人間も皆無だった。

前髪を切って目を露出したことで、スキルの方もだいぶ下がったようだな。

隠密　ＬＶ７
誘惑耐性　ＬＶ９（ＭＡＸ）
木人拳　ＬＶ９（ＭＡＸ）

……あんま下がった気がしないが、よしとしよう。ＭＡＸになると効果が跳ね上がるんだよきっと。

とにかく俺ＩＮＥＥＥからは脱することができた。俺ＩＲＵになれた。平凡な日常って素晴らしいと思うの。そのことを実感した一日だった。それにしても結局、木人拳ってなんなんだろうな？

前方からかなりの大集団が歩いて来た。往来を埋め尽くしていて隙間がないため、由比ヶ浜が右によけようか左によけようかおろおろしだした。

「こっちだろ」

俺は由比ヶ浜《ゆいがはま》に先んじて前に歩み出た。そして真正面から集団に飛び込んでいく。

「えっ、危ないよ」

「大丈夫だよ。俺の後ろについてくりゃ。……はいすいませんね」

と手刀を切る。別名、人ごみチョップである。

「そ、そんなんじゃ……」

「問題ない」

隠密していない時の俺なら、たいていは相手の方から避けてくれる。そこに人ごみチョップまで出すんだ。これはもう無人の野を進むよりたやすいと言える。

予想通り、人の集団に亀裂が走った。その一人分ほどの隙間を、俺はするすると通り抜けていく。うしろからついてきている由比ヶ浜が引き気味につぶやく。

「みんなヒッキーをよけていくんだ……」

あれ、ちょっと哀れまれてる？　ここＳＵＧＯＩ八幡《はちまん》シーンなんだけど？　俺のいちばんいいとこ、もっと素直に讃えちゃいなよ。

む、だがさすがにこの人数は多いな。中には俺の眼力をもってしてもどかせぬ者もいるから、肩がごつごつ当たりはじめた。しまった、このままでは集団の流れをせきとめてしまう大罪をおかしてしまう。と、その時、俺の体が自然と動いた。

迫り来る人波を、かすかに接する肩や腕だけで受け止め、後ろに流す。あまりにも流麗なさばきのわざは、我《われ》ながら達人の域。はっ、これか木人拳！「あー、俺、場違いみてーだから行くわ」とクラスメイトをかきわけ続けた日々によって育成されたスキルなんだな……。

集団を無事、貫通することができた。完全隠密状態だったらひき殺されていたところだった。

周囲から人がいなくなったタイミングで、由比ヶ浜が口を開いた。

「……なんかごめん。フツーに仕上がっちゃったね」

「え？」

「あたしが切ってもらった時はすごく上手だと思ったんだけど、買いかぶりだったのかな。アンバランスなのは改善されたけど……ちょっとがっかりかも」

「おいおい。そんなにひどくないだろ、これ？」

「ひどくはないけど、すごくはないかな」

「どんなの期待してたんだよ」

「もっとこう、ミラクルあるかなって……ゲームに出てくるみたいなイケイケなツンツン頭とかさ」

こいつＦＦのことを言っているのか？　今あのシリーズ、ＦＦじゃなくてＨ　Ｆ《ホストファンタジー》なんだぞ？　あんな髪型、俺に似合うわけないだろ。

ああ、由比ヶ浜《ゆいがはま》はわかってないんだ。あの店長さんがどんだけ空気読めて、どんだけ技術あったのか。どんな思いを持って生きてきて、大人になった今、それをどう昇華しているのか。生まれつきリア充属性のやつにはこういう文脈って、わからんのだなあ……。

「由比ヶ浜、俺はあそこ気に入ったぞ」

「え、そう?」

「しかも、たいそう気に入ったそうな、と言いかえてもいい」

「そんな昔話風に!?　そこまで気に入っちゃったんだ?」

「ああ、機会があればまた行ってもいいくらい」

「そういうことならさ、他にもいろいろ店知ってるよ?　紹介するよ?　もっといい髪型にしてくれるお店、あるから」

「いや、このカットが気に入ったんだよ。イケイケな髪型になんて死んでもされたくない」

「ええー、そうなの?　ええー……」

やっぱり由比ヶ浜は理解できない様子だった。

ただ雑誌とかで紹介されたらしいから、これからすごい人気店になるかもしれん。そうなったら俺が通うことは実際ないだろうな。ただ今これだけは言える。

「いい店連れてってくれてありがとな、由比ヶ浜」

「…………う、うん。どういたしまだけど……」

照れくさそうな様子で、うつむく。

「よくわかんないけど……気に入ったのなら良かったよ……はー、リカバーできたのだけはほんっと良かったぁ……」

せっかく八幡《はちまん》的にポイント高いことをしてくれたのに、由比ヶ浜にはいまいちその自覚がないようだった。まぁ、俺からの好感度なんてこいつも持てあますのだろうけど。

せっかくいい店に連れて行ってくれた由比ヶ浜に感謝を示したかった。できるだけ相手の負担にならない方法で。俺は商店街の軒先に設置された自販機に目をとめた。メニューにはもちろん千葉のソウルドリンク、アレがある。

「由比ヶ浜、コーヒー飲むか。おごる」

「えっ？　どうして？」

「そりゃカット代の礼だろ」

「い、いいの？　じゃあそこにスタバが……」

「すまないけどスタバはシャラン☆ラーンとしすぎてるから、自販機で」

「えー！」

空気を吸うみたいにおしゃれ側に行こうとするのな。

「あれがスターＭＡＸコーヒーだったら何を置いても入れるんだけどな」

「その店、コーヒー一種類しか出さなそう……」

「飲みたければ三本でも四本でもがぶがぶ飲んでくれていいぞ。ただ銘柄はMAX限定な」

「……罰ゲーム？」

「さ、いいぞ。缶のでもボトルのでも、好きなMAXをやってくれ」

自販機にコインをスコココンと大量投入する。

「ええええー、MAX限定かぁ……うう……メロンソーダとかよさげなのもあるんですけど……」

由比ヶ浜《ゆいがはま》は自販機を前にぐぬぬと唸《うな》り続けた。罰ゲームなんかじゃなく、俺的最高のもてなしではあるのだが、それはまあ言わないでおいてやろう。

猫と団地とランドセル

八目迷

挿絵：くっか

　眠れない夜。ふと本棚から引き抜いた一冊は、名もなき猫を主人公にした、かの名著だった。初めてこの本を開いたのはいつだったか。可笑《おか》しみと風刺に富んだ語り手に惹かれ、だからこそ物語の結末にちょっぴり胸を痛めたことを覚えている。

　俺は猫が好きだ。

　家畜のように働くわけでも犬のように従順なわけでもないのに、猫は人間社会に溶け込み、繁栄している。人の恩恵を受けながらも、何者にも依存しない。束縛を嫌い、孤独を堪能できる存在。それが猫だ。

　その点、俺は猫にかなり近しい存在だと思う。一人でも平気なところとか似てるし、クラスメイトの隠さない系腐女子さんも「ヒキタニくんは絶対ネコだよ！」とか言っていたような気がする。それはなんか違う気がする。

　ともかく。猫は可愛《かわい》くて、強《したた》かで、偉大である。

　だが、そんな猫を苦手とする人間もいる。

　由比ヶ浜結衣《ゆいがはまゆい》がその一人だ。

×　×　×

放課後。俺はいつもと同じように奉仕部の部室に向かう。

部室の扉に手をかけ中に入ると、由比ヶ浜は携帯電話をてして弄《いじ》り、雪ノ下《ゆきのした》は雑誌をぱらぱら捲《めく》っていた。いつもどおりの光景だ。

二人はそれぞれ視線を上げて、俺に目をやる。

「あ、ヒッキー」

「うす」

由比ヶ浜に挨拶《あいさつ》を返し、雪ノ下には軽く会釈《えしゃく》した。

俺は自分の椅子《いす》に座る。そのまま鞄《かばん》から文庫本を取り出し、読書を始めた。

穏やかな時間が流れる。しばらく経って、由比ヶ浜が口を開いた。

「あ、そうだ。ゆきのん」

「……？　何かしら」

由比ヶ浜はごそごそと自分の鞄を漁《あさ》ると、中からＤＶＤケースをいくつか取り出した。いずれもディスティニーランドの人気キャラクター、パンさんがパッケージを飾っている。

「映画、全部観たよ！　かなり昔のやつもあったけど、どれも超おもしろかった！　パンさんがめっちゃ可愛《かわい》くてさー」

楽しそうに由比《ゆい》ヶ浜《がはま》が感想を語る。

どうやら雪ノ下《ゆきのした》に映画のＤＶＤを借りていたらしい。そういや俺も小学生の頃はゲームなんかを貸し借りしていたっけ……そろそろ俺のマリオテニス返ってこねえかな。

「楽しんでくれたようでよかったわ」

雪ノ下が優しく微笑《ほほえ》む。

「ちなみにパンさんの映像化作品はここにあるものがすべてではなくて、他にもテレビアニメ版、３Ｄアニメーション版、人形劇版とあるの。長編映画が気に入ったなら今度はテレビアニメ版から観るのをオススメするわ。もっとも、原書から読むのが一番なんだけれど――」

堰《せき》を切ったように語りだす雪ノ下に、由比ヶ浜は気圧《けお》されながらもうんうんと相槌《あいづち》を打つ。

しかし一〇分を超えた辺りで表情に疲れが見え始めた。なんだか可哀想《かわいそう》になってきたので、俺は雪ノ下に声をかける。

「お前、パンさんのことになると一気に口数多くなるよな……」

「あら、比企谷《ひきがや》くんいたの。あまりに静かだからてっきり成仏したのかと」

「幽霊扱いかよ」

存在感はほどほどにアピールしておいたほうがいいな……。じゃないと「お前俺ん家の炊飯器より無口だわ」とか言われちゃうしね！　ソースはバイトしてた頃の俺。

「ヒッキーはなんかオススメの映画とかある？」

由比ヶ浜が身を乗り出して訊いてきた。

「そうだな……プリ」

「あ、プリキュア以外で」

ええ……なんで……いいじゃんプリキュア……。

「プリキュア以外か……じゃあ、あれだな。人類滅亡系の映画とか」

「あー、あたしも好きかも。いいよね、観ててハラハラするけど、感動できるやつ多いし」

「安全圏からパニクってる人見ると安心するんだよな」

「理由が最低だった！」

同じ理屈でゾンビ映画とかも好きだ。ただああいうのって、終盤から人間ドラマになりがちなのがちょっとな……別に人間ドラマが嫌いなわけじゃないんだけど、内面がドロドロした人間より外面がドロドロした人間をもっと見せてくれよとか思っちゃう。

「そんな捻《ひね》くれた見方するからクラスで浮いちゃうんじゃないの？」

「関係ねえだろ……。つーか、浮いてるってことはそれだけ高みにいるってことだからな。むしろ敬ってほしいんだが」

「どうして誇らしげなのかしら……」

雪ノ下が呆《あき》れたようにため息をついた。

「ゆきのんはどう？　パンさんもいいけど、他にオススメの映画があったら知りたいかも」

「そうね……パンさん以外なら、フランス映画とか、あとは猫のムービー集とか……」

そこまで言って、雪ノ下《ゆきのした》は一瞬ハッとしたような表情を浮かべた。

「ごめんなさい。由比ヶ浜《ゆいがはま》さんは、たしか猫が苦手だったわよね」

「え⁉　いや別に謝らなくていいよ！」

由比ヶ浜は顔の前でぶんぶんと手を振る。

「苦手っていうか、なんか昔のこと思い出して悲しくなっちゃうだけで……。とにかく、ゆきのんが謝るようなことじゃないから」

「そう……？」

「まー、あたしも克服したいとは思ってるんだけどね。なかなか難しいっていうかさー……あはは」

ちょっぴり俯《うつむ》きがちに由比ヶ浜は笑う。難儀な性格だなぁ、と俺は思う。

「別に、苦手なら苦手なままでいいんじゃねえの。誰にでもそういうもんはあるだろ。俺もトマトとか人間とか嫌いだし」

「後者は早急に克服したほうがいいと思うけれど」

雪ノ下がぴしゃりと突っ込む。

もちろん、今挙げたもの以外にも苦手なものはたくさんある。行ったことないけど同窓会とか。ああいう「楽しむことを強《し》いられる空気」みたいなのは、周りが盛り上がるほど頭の芯が冷えていくような感じがして嫌いだ。まぁ誘われても絶対行かねえけど……。

「あ、あのさ」

由比ヶ浜が声を上げる。

俺と雪ノ下が振り向くと、由比ヶ浜はやけに真剣な表情をしていた。

「前から、ちょっと思ってたことがあるんだけど」

「なんだ、改まって」

唐突な申し出に俺は軽く虚を突かれる。雪ノ下も同様に、少し驚いたような顔をしていた。

由比ヶ浜はゆっくりと口を開く。

「ヒッキーは、猫飼ってるよね」

「お、おう」

「それで、ゆきのんは猫が好き」

「ええ……そうだけど」

少し溜めてから、由比ヶ浜は続けた。

「だから、あたしも猫を好きになれたらいいな……なんて」

「……それが、由比ヶ浜さんの思っていたこと?」

雪ノ下の問いに、由比ヶ浜はこくりと頷《うなず》く。

……いや、意味が分からん。「だから」が順接になってなくないか。

「えーと、その……」

由比ヶ浜《ゆいがはま》は、言葉足らずなのは自覚しているようで、まだ何か言いたそうに口をモゴモゴさせている。けれど一向に言葉にはならず、手をへその辺りで遊ばせる。

なんとも言えない空気が流れる。

沈黙を破ったのは、由比ヶ浜の蚊の鳴くような声だった。

「何が言いたいかっていうとさ……あたしだけ猫が苦手なの、なんか仲間はずれみたいで……それがちょっとやだな、って……」

「ああ、なんだそんなこと……ってお前な」

アホか、の一言が喉まで出掛かる。すんでのところで飲み込んだのは、由比ヶ浜はあくまで大真面目のようだったからだ。

「無理して周りに合わせることねえだろ……お前はオセロか。つーか、仲間はずれも何も、俺はどこにも属してない」

「そうね。比企谷《ひきがや》くんは年中仲間はずれだものね」

「そうそう。白でも黒でもなく、何色にも染まらない無色透明なんだよ、俺は」

「何それ」

由比ヶ浜が気の抜けたように笑う。

　すると、こほん、と雪ノ下《ゆきのした》が控えめに咳払《せきばら》いした。

「まぁ、それはそれとして、苦手を克服するのはいいことね。由比ヶ浜さんさえよければ、協力するわ」

「ゆきのん……！　ありがとー！」

　ガタ、と由比ヶ浜は椅子《いす》から立ち上がり、雪ノ下に抱きついた。

　雪ノ下の頭が由比ヶ浜の胸にぎゅーっと押し付けられて……ゆ、雪ノ下の目が死んでる。

「由比ヶ浜さん。落ち着いて」

「あ、ご、ごめん」

　慌てて由比ヶ浜は自分の席に戻った。

「じゃあ早速なんだけど、どうすれば克服できると思う？」

「そうね……体質ではなく心理的な問題なら、少しずつ猫に触れて慣らしていくのが効果的だと思うわ。猫カフェにでも行ってみたらどうかしら」

「猫カフェ……うん、いいかも。部活が終わったら行ってみようかな。ゆきのん、付いてきてくれる……？」

「もちろん構わないわ」

「やった！　じゃあ、ヒッキーも一緒に行こ！」

「いや、俺はいい」

「えー！　なんで！」

ガーン、と効果音が似合いそうな反応をされた。

「なんでって言われても……それ俺行く意味あるか？」

「あるよ！　なんか、ほら、猫の抱き方とか触り方とかいろいろ教えてもらわなきゃダメじゃん。だから猫を飼ってる人がいたほうがいいって」

「店員さんがいるだろ」

「それはそうだけど……」

由比ヶ浜《ゆいがはま》はまだ納得できていない様子だ。

「でも、一緒に行く人は一人でも多いほうが安心するっていうか、頼もしいし……」

泣きそうな顔で懇願され、少し気持ちが揺らぐ。

由比ヶ浜は部活終わりに行くと言っていた。猫カフェが何時まで営業しているかは知らないが、そう遅くまでやっていないはず。となると長居してもせいぜい一時間程度か。それくらいなら、まぁ。

「……別に、行ってもいいけどよ」

ぱぁ、と由比ヶ浜の顔が明るくなった。

「ヒッキーありがとう！」

眩《まぶ》しい笑顔を向けられて、俺はつい顔を逸《そ》らしてしまう。

由比ヶ浜は嬉しそうに続けた。

「じゃあ部活が終わったら猫カフェに直行ね。他には何ができるかな」

「他には……そうね」

雪ノ下《ゆきのした》は腕を組んで淡々と答えた。

「苦手、というよりトラウマの解消法だけれど、対話も有効ではないかしら。猫が苦手になった経緯を、改めて口に出すことで自分の気持ちを整理できるかもしれないわね」

「要するにカウンセリングか」

俺は由比ヶ浜のほうを見る。

「そういや、由比ヶ浜はなんで猫が苦手なんだっけか」

「あれ、言ってなかったっけ。団地に住んでたときに飼ってた猫が、急にいなくなった……ってやつ」

「あー、なんか聞いたことあるな……」

たぶん、川なんとかさんの気を引こうとしたときに聞いた話だ。小町《こまち》に持ってきてもらった家《うち》のカマクラに、由比ヶ浜がやけに怯《おび》えていたのを覚えている。

「団地でこっそり猫を飼ってたときに、結構いろいろあってね。詳しく話すと長くなっちゃうんだけどさ……」

そう言って、由比ヶ浜は寂しさを紛らわせるように笑った。

……ああ、そうだ。たしか以前も由比ヶ浜《ゆいがはま》はこんな顔をしていた。悲哀とも後悔ともつかない、暗い感情が綯《な》い交ぜになった辛《つら》そうな顔。普段の明るい由比ヶ浜を知っているからこそ、見ていられなくなる。

「……別に無理して話すこともねえんじゃねえの」

由比ヶ浜と雪ノ下《ゆきのした》が俺を見た。

「や、カウンセリングそのものは否定しない。ただ、口に出して快方に向かうとも限らないよな、って思っただけだ」

言葉にしてなんの共感も得られなかったとき、その懊悩《おうのう》やトラウマは、一層深く心の底に根を張ることになる。デリケートな問題なら、そのまま胸に秘めておくのも一つの手だと思うのだ。そうすれば、少なくとも今以上に傷つかずに済む。

だけど由比ヶ浜は、何かを察したように優しく微笑《ほほえ》んでから、首を横に振った。

「それでも、話すよ。知ってほしいって気持ちも、ちょっとはあるからさ」

こちらに真っ直ぐ向けられた由比ヶ浜の瞳には、強い意思が宿っているように感じられた。

「……そうか」

俺は背もたれに上体を預けて、聞く態勢に入った。

「ゆきのんも、聞いてくれる?」

「協力すると言ったもの。もちろん聞くわ」

「ありがとう……二人とも」

　そして、由比ヶ浜はぽつぽつと語り出した。

×　　×　　×

　えーと、どこから話せばいいかな……あ、最初からでいい？　じゃあ、そうするね。

　あたし、ヒッキーとかゆきのんみたいに、分かりやすく説明するのちょっと苦手だから、うまく伝わらなかったらごめんね。


　たしか、あの猫を見つけたのは九月頃だったと思う。

　小学四年の、秋。

　学校から帰る途中、たしか団地の手前だったかな、猫の鳴き声を聞いたの。でも、周りを見渡しても猫の姿はなくて。そのときは、気のせいかな、って思って通り過ぎたんだ。

　それで、翌日。

　学校に行こうと家を出て団地の敷地を抜けたら、また猫の鳴き声が聞こえて。昨日と同じ場所だったから、どこかにいるんだな、って思ったの。

　昨日よりちゃんと耳を澄ませたら、鳴き声は地面の下から聞こえてることが分かったの。それで、辺りを見渡したら、地面にアレがあって。あの、鉄のアミアミが被せてある穴。なんて言うんだろう？

へえ、雨水溝っていうんだ。

さすがゆきのん、物知りだね。

それでね、その雨水溝の底に、子猫がいたんだ。

ちっちゃな三毛猫だった。

たぶん、道路の側溝から流されてきたんだと思う。下のほうに水が溜まってて、みゃーみゃー泣きながらカリカリ壁を引っ掻《か》いてた。

可哀相《かわいそう》だから助けてあげようとしたんだけど、蓋はがっちり溝にはまって持ち上がらないし、穴は結構深くてさ。だから、大人を呼ぼうかと思ったんだ。でも、そのときね、クラスの意地悪な男子が言ってたことを思い出しちゃって。

「野良猫って、大人に見つかったら保健所に連れていかれるらしいぜ」

「由比ヶ浜《ゆいがはま》、保健所も知らねえの？」

「保健所ってのは、野良の猫とか犬を殺す場所だよ」

まー、当時はまだ一〇歳だったからさ。あたし、その男子が言ってることを鵜呑《うの》みにしちゃってたんだ。大人は、野良の猫とか犬を見つけたら、通報しなきゃいけない決まりがあるんだと思ってた。

もちろん、今は違うよ。大人のみんながみんな、そうじゃないってことは分かってるから。平塚《ひらつか》先生とか、捨て猫を見つけたら拾って帰りそうだよね。

え？　段ボール箱の側に傘を置いて自分だけ濡れて帰りそう？　何その具体的なイメージ……なんか昭和っぽいんだけど。

ヒッキーのせいで脱線しちゃった。

話を戻すけど、とにかくあたしは、この子猫のことを大人に知られちゃダメだ、って思ったんだ。

でも、放っておく気にもなれなくてさ。一旦、家に帰って、ママに黙ってこっそり冷蔵庫から魚肉ソーセージを取ってきたの。それを小さくちぎって、雨水溝に落としたら、子猫が食べてくれて……。

それがね、すごく嬉しかった。

時間も忘れて、子猫がソーセージを食べ終わるまでじっと眺めてた。おかげでその日は遅刻しちゃった。

学校が終わったら、急いで家に帰って、またソーセージを落としてあげた。

その日から、朝と夕方に餌《えさ》をあげることにしたの。

ソーセージばかりだと身体《からだ》に悪いと思って、お小遣いで買ったキャットフードとかもあげてたっけな。やっぱり、猫缶なんかは食いつきがいいんだよね。

餌付《えづ》けは五日くらい続いたかな。

蓋のせいで子猫には少しも触れられなかったけど、楽しかった。

けど……やっぱり、このままじゃダメだ、とは思ってた。

あんな暗くて狭い場所に、ずっと居なきゃならないなんて、可哀想《かわいそう》だったから。

でも、あたし一人じゃどうしようもなかったから、友達に助けを借りることにしたんだ。

放課後、友達を三人くらい連れて、子猫のいる雨水溝のところに来たの。

それで、『大きなカブ』みたいに力を合わせて蓋を開けた……のはいいんだけど、そこから先が、ちょっと問題でね。

ちらっと言ったけど、その雨水溝、結構深くて。手を伸ばしても子猫には届かなかったの。

だから、縄跳びを垂らしてみたり、木の枝を伸ばしてみたり、いろいろ試してみた。でも、子猫は警戒してるみたいで、なかなか上ってきてくれなかった。

でね、ちょっと危ないけど、あたし、雨水溝の中に降りようとしたの。そしたら、友達に引き止められて。

「汚れちゃうよ」

って言われたの。

たしかに、雨水溝の中は苔とか泥がへばりついてて、おまけに狭かったから、入ったら服が汚れちゃうのは間違いなかった。

あたし、その日はわりと気に入ってた服を着ててさ。本当、ひどい話なんだけど、雨水溝の中に入りたくないな、って思っちゃったの。友達は「他の人が助けてくれるよ」とか、「そのうち自力で出てくるよ」って、励ますみたいに言ってくれたけど、その言葉はあたしだけに向けられたものじゃないような気がして、ちょっと複雑だった。

それで、その日は助けるのを諦めて、また明日考えることにしたの。

雨水溝の蓋を戻すとき、子猫がじっとこっちを見上げてて、胸が痛かったな……。

でも、そんな痛みも翌日には忘れて、いつもどおり学校に行って、普通に授業を受けてた。

一応、子猫を救い出す方法は授業中も考えてたよ。ただ、ほら、小学生って移りっけが激しいでしょ？　だからあたしも、一日経ったら真剣味が薄れちゃって、あんまり真面目に考えられなかったの。別に、ちょっとくらい助けるのが遅れても大丈夫かな……って。

薄情だと思う？

たぶん、神様もそう思ったのかも。

たしか四時間目くらいだったかな。空が曇りだしたと思ったら、ざああ、って急に雨が降ってきたの。

バケツをひっくり返したみたいな大雨だった。

雷もゴロゴロ鳴ってて、みんな、外を眺めてた。それを先生が注意してたのを覚えてる。

そのとき、あたしも外を見てた。でも、みんなと考えてることはたぶん違ってた。

あの子猫のことが、心配だったの。

雨水溝って、雨水が溜まる場所でしょ。だから、たくさん雨が降ったら、子猫が溺《おぼ》れちゃうんじゃないかと思ってたの。

じわじわ水かさが増す雨水溝の中で、逃げ場もないのにもがく子猫の姿を想像したら、すごく胸が苦しくなった。

昨日、服が汚れるのも気にせずに助けていたら、こんなことにはならなかったのに。

授業中、ずっと後悔してた。

雨は全然弱まってくれなかった。


……え？　無理して話さなくていいって？　あはは、大丈夫だよ。ありがとね、ヒッキー。

じゃあ、キリのいいところまで話したら、ちょっと休憩しようかな。


えーと、どこまで話したっけ。そうそう、授業中に雨が降ってきたんだよね。

雨は、全部の授業が終わってもまだ降ってたんだ。

学校を出てからは、雨に打たれながら走って子猫のもとに向かったよ。子猫のいる雨水溝に着く頃には、下着までびしょ濡れになってたっけ……まぁ、当時は子猫のことで頭がいっぱいで、そんなこと気にする余裕なかったけどさ。

おそるおそる雨水溝の中を覗《のぞ》いたら、子猫はまだ生きてたの。でも、だいぶ水かさが増して、二本足で立って頭だけ出してるような状態だった。

早く助けなきゃ、って思った。

幸い、雨水溝の蓋は一度みんなで持ち上げたから、そんなに苦労することなく開けられたの。あとはもう、服が汚れるとか気にせず雨水溝の中に入ったよ。深さはあたしの胸くらいまであったかな。中は泥の匂いがキツくて、じめじめしてた。こんなところにずっと放置してたんだと思うと、ちょっと泣きそうになった。

それで、やっとの思いで子猫を救出して、道路に戻ってきたの。

お互い泥だらけで、相変わらず雨はざあざあ降ってたけど、すごくホッとして……あのときは嬉しかったな……。

ただ、子猫のほうはなんだか元気がなさそうでさ……だから、家に持ち帰って、シャワーで洗ってあげたの。ちょうど親は二人とも家にいなかったから、ついでに温かいミルクも飲ませてあげた。

子猫を眺めながらさ、あたし、ずっと一緒にいたい、って思ってた。

でも、そういうわけにもいかなかったから、親が帰ってくる前に団地の外に逃がしたの。子猫は一度こっちを振り返ってから、にゃー、って鳴いて、どこかに行っちゃった。

寂しかったけど、これでよかったんだ、って思うようにした。


……実はこれで終わりじゃなくて、まだ続くの。

でも、ちょっと疲れたから、休憩するね。

×　×　×

「……」

由比ヶ浜《ゆいがはま》が口を閉じたあとも、俺はしばらく何も言えずにいた。

幼い頃の由比ヶ浜が起こした行動は、多少の間違いはあったけれど、そこにはたしかな優しさがあったし、子猫は救われた。

いい話、だと思う。

なのに胸が痛むのは、すでに物語の結末を知っているからだろう。

「呑気《のんき》と見える人々も、心の底を叩《たた》いて見ると、どこか悲しい音がする……か」

昨夜読んだ本の一文を引用すると、由比ヶ浜が怪訝《けげん》そうに首を傾《かし》げた。

「……スイカの話？」

「人間の話だよ」

「あなた夏目漱石《なつめそうせき》好きね……」

雪ノ下《ゆきのした》がネタを拾ってくれて安心する。

「……にしても、あれだな。やっぱり猫ってのは魔性の生き物だな」

「魔性？」

由比ヶ浜が聞き返した。

「ああ。人を魅了し、ときに狂わせる。そういう、不思議な魔力を持ってんだよ。例えば、遡《さかのぼ》ること紀元前三〇〇〇年」

「長くなりそうな話ね……」

雪ノ下の小言を無視して俺は続ける。

「古代エジプト時代、猫は神様として崇拝されていた。一方、魔女狩りが行われていた時代では、不吉の象徴だと迫害されていた。時代や文化の違いはあれど、どうしてこう極端な扱いを受けてきたのか。由比ヶ浜、なんでか分かるか？」

「え？　うーん……なんでだろ？」

「いいか。それはな……猫が可愛《かわい》いからだよ」

由比ヶ浜《ゆいがはま》がしらーっとした顔つきになる。めっちゃ真顔だ……。

「そんな顔すんなよ……。ほら、人間って何かと理由を求めたがる生き物だろ？　だから昔の人は、猫の可愛《かわい》さに目をつけたわけだよ。こんなに可愛いのには何かわけがあるに違いない、ってな。で、ひねくれた人間は、美しい花には棘《とげ》がある、と同じ理屈で、可愛い猫にも何か危険なものがあると思ってならなかったんだよ。だから魔女の使いとか言われるようになっちまったわけだ」

「それ、何か文献はあるの？」

雪ノ下《ゆきのした》の問いに俺ははっきりと答える。

「ない。なぜなら今考えたから……」

何かと重い話が続いていたから、ちょっとした小話を挟んでみただけだ。楽しんでもらえたかな？　と思ったが雪ノ下と由比ヶ浜は冷たい目で俺を見ている。あれー？

「なんだよ……別にフィクションでもいいじゃねえか……それらしい話だったろ」

「面白くはなかったけれどね」

雪ノ下のストレートな物言いに、さしもの俺もちょっぴり凹《へこ》む。もう借りてきた猫みたいに部屋の隅でじっとしておこうかな……。

「……まぁ、猫、たしかに可愛いしね」

そう呟《つぶや》いたのは由比ヶ浜だった。

少なからずの愛情を猫に注いで、由比ヶ浜も一時は猫に魅了されたのだ。結果的に猫が苦手になったとはいえ、その魅力まで忘れたわけではないのだろう。

由比ヶ浜は気を取り直すように椅子《いす》に座ったまま背伸びをすると、さて、と切り出した。

「じゃ、そろそろ続きを話そうかな」

「もう休まなくていいの？」

雪ノ下が心配するように声をかけた。

「うん。あんまりゆっくりしてると、猫カフェに行く時間がなくなっちゃうし」

「……それもそうね」

雪ノ下が頷《うなず》くと、由比ヶ浜は話を再開した。

「あの子猫とは、またすぐに会えたの」

×　×　×

もう会えないかな、って思ってたんだけど、子猫を雨水溝からすくい上げた日の翌日に、団地の中庭で見つけてさ。間違いなくあの三毛猫だったよ。目が合うと、こっちにトコトコ駆けてきてね。あたしのことを覚えてるみたいで、頭を撫《な》でたげると気持ちよさそうに喉をゴロゴロ鳴らすの。

あたし、嬉しくなっちゃって。団地の中庭でその子猫をこっそり飼うことにしたの。

飼うって言っても、やってることは以前と変わらないんだけどね。学校の行きと帰りに餌《えさ》をやって、休みの日はじっくり遊んであげるくらい。首輪もかけなかった。

でも、子猫は毎日同じ場所に現れてくれて、あたしがあげた餌もちゃんと食べてくれたの。それにね、子猫の前でしゃがむと、膝の上に乗っかってきてくれるんだ。ちょっと爪が食い込んで痛かったけど、感動したな。

相変わらず猫を飼うことは団地で禁止されてたけど、そのときは別に不満はなかったかな。むしろ内緒で会うのが、密会？　みたいな感じで、わくわくしてた。

……だから、同じ団地の子に猫と会ってるところを見られたときは、すごく焦《あせ》った。慌てて隠そうしたんだけど、もう手遅れで、がっつり見られちゃってた。

そのときの子？　女の子だよ。

たしか、あたしの二つ上だったかな。名前は……忘れちゃった。学校で委員長をやってた、ってことは覚えてるんだけど。

……じゃあ、その子のことは、委員長ちゃんって呼ぶようにするね。

委員長ちゃんは学校で委員長をやってるだけあって、しっかりしてそうな雰囲気があったんだよね。なんか、大人っぽかったなぁ。ただでさえ小学生の頃は一学年上でも大人っぽく見えるから、なおさらだった。

そのせいかな。当時のあたしは、委員長ちゃんが団地の大人に子猫のことを喋《しゃべ》っちゃうような気がしてならなかったの。

子猫と離れ離れになるのが嫌で、「大人の人には言わないで」って、何度も頼み込んだんだよね。あのときは本当に必死で、半分泣いてたかもしんない。

それで、委員長ちゃんはあたしのお願いにこう答えたの。

「言わないよ」

ほんとに？　ってあたしが聞いたら。

「私も内緒で飼ってるから」

そう言ったときの委員長ちゃんの表情、今思い返しても、大人っぽく見えたな……。

味方だと分かったら冷静になって、いろいろ話を聞いてみたの。そしたら、団地で猫を飼うのがちょっとしたブームになってるってことを知ってさ。あたしと委員長ちゃん以外にも、大人に内緒で猫を飼ってる子が何人かいるらしかったの。

猫を飼ってるのは自分だけだと思ってたから、拍子抜けしちゃった。でも、同じような境遇の人が他にもいるんだなって思うと、ちょっと安心した。

委員長ちゃんからは、他にもいろんなことを教えてもらったよ。

給食の残りはあんまりあげないほうがいいとか。

団地で猫を飼ってると、他の子から羨《うらや》ましがられるとか。

あと、団地の管理人さんのこととか。

管理人さんはすごく猫が嫌いみたいで、野良猫を見つけたら、すぐ捕まえて保健所に連れて行っちゃうらしいの。だから、管理人さんにだけは猫を飼ってることはバレないようにね、ってはっきり釘を刺された。

あたし、先生の話を聞くみたいに黙って頷《うなず》いてた。

話が終わったら、委員長ちゃんにお礼を言って、別れた。それからしばらく会うことはなかったな……。あ、別に気まずいことがあったわけじゃないよ。委員長ちゃん、習い事で忙しいみたいで。単に、あたしとなかなか時間が合わなかっただけ。

だから、委員長ちゃんと別れてからも、あたしはいつもどおりだった。

いつもどおりじゃなくなったのは、子猫をこっそり飼い始めてから、一か月くらい経った頃だったかな。

学校が終わって、いつもと同じように団地の中庭に向かったら、知らない女の子が子猫と遊んでたの。で、よく見たらその子猫があたしが飼ってる三毛猫でさ。声をかけようか迷ったんだけど、相手があたしよりも小さい子だったから、思い切って話しかけてみたの。

「何してるの？」

その子は大げさなくらいビクッとしてから、振り返って。

「ごめんなさい！」

って謝ってきたの。

なんだか小動物みたいな女の子だったな。気弱そうで、髪を三編みにしてた。

この団地に住んでる子みたいで、歳を聞いたら、あたしの一こ下だった。名前も聞いたはずなんだけど……うーん、覚えてないや。だってもう昔のことだもん。

とりあえず、その子のことはさっきの委員長ちゃんを倣《なら》って、三編みちゃんってことにしとくね。

それで、その三編みちゃんにどうして謝ったのかを聞いてみたの。そしたらね。

「人の猫に、勝手に触っちゃったから」

って言ったの。

詳しく事情を聞いてみたら、前々からあたしがここで子猫とじゃれ合ってるのを知ってて、それが羨ましかったみたいなの。それで、あたしがいないタイミングを見計らって子猫に近づいたってわけ。

「別にあたしの猫ってわけじゃないし、それくらい構わないよ」

あたしがそう言ったら、三編みちゃんは。

「じゃあ、また触りにきていい？」

って言うから、オッケーしたんだ。

三編みちゃん、すごく喜んでた。

それ以来、放課後はよく二人で子猫と遊んでたの。

遊びながらいろんな話をしたよ。

あたしは委員長ちゃんから聞いたことを教えてあげた。管理人さんのこととか、子猫が喜ぶ遊びとか。そしたら、三編みちゃんも自分のことを話してくれたの。

三編みちゃんには仲のいい友達が団地に二人いるんだけど、最近、その二人が猫を飼い始めたらしくてさ。あたしと同じように、団地のどこかでこっそり餌付《えづ》けしてるみたいなの。二人で一匹の猫を世話してるんだって。

で、その二人が猫に夢中だから、なかなか三編みちゃんと遊んでくれないらしくてさ。三編みちゃん、寂しい思いをしてるみたい。

気持ちは理解できたよ。

クラスで流行《はや》ってるゲームがあっても、そのソフトを持ってなきゃ輪の中に入りづらいよね。三編みちゃんのも、そういうものだと思ってた。

それからまた何日か過ぎて、その日はたしか、日曜日だったかな。

三編みちゃんに、こんなことを言われたの。

「ゆいちゃんの猫、私がお世話してもいい？」

あたしが「どうして？」って返したら、三編みちゃんは。

「キャットフードとか買うの、大変そうだから」

って遠慮がちに言ったの。

たしかに三編みちゃんの言うとおりで、餌代《えさ》、小学生のお小遣いだと結構厳しかったんだよね。

一応、相手は野生の猫だからさ。絶対に餌付けが必要ってわけでもないんだけど、餌付けをやめたら遠くへ行っちゃうような気がしてて、やめられなかったの。

だから、三編みちゃんの提案は、魅力的っていえば魅力的だった。

でも、結局、断った。

当時は、あたしが助けたからあたしが最後までお世話しなきゃいけないんだ、って強く思ってたの。小学生なりに、子猫に対して責任を感じてたのかも。……それか、子猫をただ独占したかっただけかもしれない。

どちらにせよ、子猫のことは本当に大事に思ってたの。だから、あんまり人に任せたくなかったんだ。

そう正直に伝えたら、三編みちゃんは「分かった」とだけ言って、それ以上、何も言わなかった。

それで、その日ね、あたし、考えたの。

子猫のこと、親に言おうかなって。

責任を持って育てるなら、野放しじゃなくてちゃんと家の中で飼わなきゃダメだなって思ったの。もし親に認めてもらえたら、管理人さんに相談してくれるかもしれないし。

でも、もしダメって言われたら……そう考えると不安で、なかなか言い出せなかった。

結局、親に告白できないまま月曜日が来て、学校に行ったの。


学校から帰ってきたら、子猫がいなくなってた。


朝まではたしかにいたの。ちゃんと餌《えさ》をあげて、挨拶《あいさつ》したことも覚えてる。

あたしが学校へ行ってる間にいなくなったみたいだった。

団地の敷地内を必死に捜したけど、子猫はどこにもいなかったの。駐車場にも、屋上にも、雨水溝の中にも……。

その翌日には団地の外まで捜す範囲を広げたけど、それでも子猫は見つからなかった。

全然、見つからなかったの。

本当、ショックだった。その二日間は何も食べられなくて、親に心配された。

三日目も必死になって捜してたら、団地の中庭で委員長ちゃんに会ったの。

「あたしが飼ってた三毛猫、見なかった？」

そう訊いたら委員長ちゃんは首を振って、それから。

「私の猫もどこかに行っちゃったみたい」

って、なんでもないふうに言ったの。

あたし、理解できなかった。野良とはいえ自分の猫がいなくなって、どうしてそんなに落ち着いていられるのか。

「残念だけど、まぁ、猫ってそういうものだから」

委員長ちゃんはそう言ってた。

この一言は、今でも覚えてる。

雨水溝から助け出して、毎日餌をやって、大切にしても、なんの前触れもなく姿を消す。

それが猫にとって当たり前のことなの？

猫って、そういうものなの？

そう考えるとなんだか裏切られたみたいで、許せなくて、悲しくて……。

子猫のことを捜すの、やめたの。

それ以来、あの子猫のことはできるだけ思い出さないようにした。三編みちゃんともぱったり会わなくなって、あたしの日常は子猫と出会う前に戻った。

×　　×　　×

「……とまぁ、だいたいそんな感じ」

由比ヶ浜《ゆいがはま》はそう話を締めくくった。

「後日談、ってほどでもないんだけど、あれから猫について一つ分かったことがあって。二人は知ってると思うけど、猫って死期が近づくと姿を消すみたいなんだよね……。あの猫があたしに弱っているところを見せないよう隠れたんだとしたら、なんだか、やるせなかった」

見るからに肩を落とす由比ヶ浜に、雪ノ下《ゆきのした》が気遣うように声をかける。

「……由比ヶ浜さんに飼われていた猫は、きっと幸福だったわ」

「ゆきのん……ありがとう」

優しい眼差《まなざ》しを向け合う二人。

一方で俺は、まだ何も言えずにいた。由比ヶ浜の話の内容を、ずっと頭のなかでこねくり回している。

由比ヶ浜が立ち上がった。

「じゃあ、ちょうどいい時間になったし、猫カフェに行こっか」

俺と雪ノ下は同意し、部室を後にした。

外は日が暮れ始めていた。

校門に差し掛かったところで、突然、由比ヶ浜が足を止めた。

「あ！　携帯、部室に忘れた！　ごめん、すぐ取ってくるからちょっと待ってて！」

返事を待つことなく、由比ヶ浜は慌ただしく校舎へと引き返す。

俺と雪ノ下はぽつんと校門の前に取り残された。

俺はずっと閉じていた口を重々しく開いた。

「……なぁ、雪ノ下」

「何かしら」

「由比ヶ浜の話、あれは──」

「比企谷《ひきがや》くん」

俺の言葉を遮《さえぎ》り、雪ノ下が真っ直ぐこちらを見る。

どこか咎《とが》めるような視線だった。

「私は、悲しい話だと思ったけれど。……もう、過ぎた話だから。どうしようもないわ」

「……。そうだな。そのとおりだ」

俺は頷《うなず》き、口を噤《つぐ》んで由比ヶ浜が戻るのを待った。

たぶん、雪ノ下は俺と同じことを考えていた。

そして気づいたのだろう。

おそらく由比ヶ浜の猫は、死期を悟って姿を消したわけではない、ということに。

由比ヶ浜《ゆいがはま》が戻ってきて、俺たちは三人で猫カフェに向かった。猫カフェは学校から歩いて数分のところにあるらしい。俺以外の二人も初めて行く場所のようだった。

並んでお喋《しゃべ》りに興じる由比ヶ浜と雪ノ下《ゆきのした》の後方を、俺は一人で歩く。

たまに由比ヶ浜が話題を振ってきてくれたが、俺は別のことを考えていて、気の抜けた返事しかできなかった。

別のこと。言うまでもなく由比ヶ浜の猫の話だ。

希望を探すように、あるいは不安を取り除くように考察を重ねても、導き出される推論は、悲惨なものだった。

由比ヶ浜は、猫がいなくなった原因を「死期が近づいたから」だと考えている。

俺も話を聞くまでそう思っていた。人に飼われても野生を失いにくい猫は、よほど信頼のおける飼い主でもない限り、死期を悟ると姿を隠す。

もしくは、縄張り争いに負けたり、餌場《えさ》がなくなったりすると、遠くへ行き、そのまま戻ってこないことがある。

ただ、今回の場合は、そのいずれにも該当しないだろう。

猫が消えた原因は、人為的なものだと俺は考えている。

具体的に言うなら、三編みが元凶なんじゃないかと疑っている。

三編みは、由比ヶ浜の猫のお世話を請け負おうとして、断られている。そして、その翌日に由比ヶ浜の猫が消えた。この二つの事象になんの関係もないとは、俺には思えなかった。

一度、三編みの境遇を振り返ってみる。

三編みはなぜ由比ヶ浜の猫に近づいたのか？　それは団地の友達が猫に夢中で、仲間はずれにされていたからだ。三編みは友達との復縁を望んでいたに違いない。だから共通の話題を手に入れようとした。

それが由比ヶ浜の猫だ。

三編みは「お世話をする」と言って由比ヶ浜から猫を貰い受け、輪の中に交ざろうとしていたのではないか。

だが、それは由比ヶ浜が断って失敗した。

そこで三編みは強硬手段に出た。

由比ヶ浜がいないうちに猫を掠《かす》め取ったのだ。あとは由比ヶ浜に見つからないよう猫を隠し、友達と遊ぶときだけ持ち出せばいい。……と、一瞬考えたのだが、これには無理があった。まず、三編みと由比ヶ浜は同じ団地に住んでいる。ずっと猫を隠し通せるとは思えない。だから三編みは、合意の上で由比ヶ浜から猫を貰い受ける必要があった。

だが、さっきも言ったように三編みは由比ヶ浜に断られている。三編みはもう、由比ヶ浜の猫を諦めるしかなかった。

なら三編みは、一体どうする？

どうすれば、仲間はずれにならなくて済む？

三編みは悩んだはずだ。小学生なりにうんうんと解決法を探ったはずだ。

悩んで悩んで、そのうち、こう考えるようになったんじゃないだろうか。

猫さえいなければ、と。

そもそも三編みが仲間はずれになった原因は猫にある。その猫さえ排除できれば、再び三人で遊べる日がくるんじゃないか。三編みはそう考えた。

しかし排除するといってもどうするか。自力で遠くに運び出す？　不可能ではないが、猫が戻ってくる可能性がある。それに、もし友達に見つかったら、絶交では済まないだろう。

他者の力を借りる必要がある。

そこで思い至ったのが、猫嫌いの管理人だ。

三編みは由比ヶ浜《ゆいがはま》から管理人の話を聞いていたはずだ。だから、これを利用した。

やることは単純だ。管理人に、団地に野良猫が住み着いていると教えるだけ。

そうすれば、三編みの友達が飼っている猫を、管理人に捕獲してもらえるだろう。

……三編みの目論見がうまくいったのかどうかは分からない。

いや、そもそも三編みが本当にそんなことを考えているのかどうかでさえ、定かでない。

だが、少なくとも二匹の猫は実際にいなくなった。

一匹は由比ヶ浜の猫。もう一匹は委員長の猫だ。

団地に管理人の捜索が入ったと考えれば、二人の猫が同じタイミングでいなくなったことにも説明がつく。

保健所に連れ込まれた野良猫がどういう運命を辿《たど》るのかはよく知らない。

だが、希望に満ち溢《あふ》れたものではないことはたしかだろう。

……ああ。

まったく、こんな悪い想像をしてしまう自分に嫌気がさす。

すべては憶測に過ぎない。何一つ確証はない。

雪ノ下《ゆきのした》の言うとおり、過ぎた話だ。もう、考えるのはよそう。

「──ヒッキーったら。ねえ、聞いてる？」

「ん、ああ、なんだ？」

伏せていた顔を上げると、いつの間にか由比ヶ浜が俺の隣に並んでいた。

「なーんか暗い顔してる。目がどんよりしてるよ」

「いつもこうだよ。ほっとけ」

そうだったね、となぜか嬉しそうに呟《つぶや》いて、由比ヶ浜は続ける。

「……話、聞いてくれてありがとね。おかげでちょっとすっきりした」

「別に、なんもしてねえよ」

「聞いてくれるだけでもありがたいよ。結構、重い話だったからさ」

「まぁ、たしかにな」

由比ヶ浜《ゆいがはま》はくすくす笑って、心なし視線を下げた。

「あたし、後悔してることもあるけどさ。がんばって向き合おうかなって思うんだ。じゃないと……あの猫たちにも悪いから」

……猫たち？

「由比ヶ浜、お前気づ――」

「あ！　あれじゃない？」

由比ヶ浜が前を指差す。指し示した方向には、こじんまりした建物が見えた。あれが当の猫カフェか。

「あれみたいね。早く行きましょう」

雪ノ下《ゆきのした》が早足で店に向かう。ほんと猫好きだな……。

俺と由比ヶ浜は小走りで雪ノ下を追って、目的地である猫カフェを前にする。そして三人で入店した。

そのままカウンターでコースと飲み物を選択し、店員さんから簡単な注意事項を聞く。

「ここの子はみんな保健所から引き取った保護猫なんですよ」

店員さんは最後にそう言って、俺たちを猫のいる部屋へと案内した。

やけに足取りが軽やかな雪ノ下に対して、由比ヶ浜は緊張した様子だ。歩き方からしてすでにぎこちない。

やがて俺たちは猫のいる部屋へ入った。

八畳ほどの空間にたくさんの猫がいる。客は俺たちだけのようだ。

雪ノ下は早速窓辺で毛づくろいする黒猫に目をつけ、すり足で近づいていった。行動が早い。ちゃんと本来の趣旨を覚えているんだろうな……。

一方で由比ヶ浜は、その場に立ち尽くしていた。

怯《おび》えて身動きが取れない、というより、呆然《ぼうぜん》としているようだった。

由比ヶ浜の目線の先には、一匹の三毛猫が丸くなっている。かなり年のいった猫に見えた。

「あの猫……」

由比ヶ浜はゆっくりとその三毛猫に近づき、震《ふる》える手で猫の頭を撫《な》でた。

三毛猫は気持ちよさそうに喉をゴロゴロ鳴らす。

由比ヶ浜の目に、うっすらと涙が滲《にじ》んだ。

×　　×　　×

猫カフェからの帰り道。

俺は由比ヶ浜《ゆいがはま》に訊ねる。

「それで、苦手は克服できたのか？」

「うーん……どうだろ。正直、まだちょっと苦手意識はあるかも……」

そうでしょうね、と答えたのは雪ノ下《ゆきのした》だ。

「一朝一夕《いっちょういっせき》で克服できるようなものを苦手とは言わないわ。これからゆっくりと慣らしていくことね。……だから、由比ヶ浜さんよければ、また付き合ってあげてもいいけれど」

「お前それ、猫カフェに行きたいだけなんじゃ……」

「何か言ったかしら比企谷《ひきがや》くん」

キッと睨《にら》まれて俺は慌てて目をそらす。こ、怖ぇー……。

「ま、また三人で行こうね！」

由比ヶ浜が元気よく言った。

そして、聞こえるか聞こえないかくらいの声量で、続ける。

「……だから、二人とも急にどこかに行ったりしないでね」

「するかよ、猫じゃあるまいし」

「まったくね」

俺と雪ノ下は即座に答えた。

すると由比ヶ浜は、今日一番の笑《え》みを浮かべた。

今日も由比ヶ浜結衣は、その一言に思いをこめる。

水沢夢
挿絵：春日歩

「やっはろはろはろー！」

俺と雪ノ下《ゆきのした》だけしかおらず静寂の保たれていた奉仕部部室内のデシベル数が、一気に増大した。

元気よく右手を上げて部室に入ってきたのは、由比ヶ浜結衣《ゆいがはまゆい》だ。

こいつのテンションが高いのはいつものことだが、今日のやっはろーは三割増しで浮かれている。

心なしか、由比ヶ浜の頭のお団子も一・三倍くらい巨大化しているような……いや、それは目の錯覚か。

「やっはろー！」

そして由比ヶ浜の後ろから、元気よく右手を上げてもう一人部室に入ってきた。

…………平塚《ひらつか》先生が。

「……」

「……」

「……」

俺と雪ノ下、由比ヶ浜は瞬きも呼吸も忘却し、その場に固まった。

凍った時間《とき》を肩で切って歩を進め、長机に着席する平塚先生。

机に両肘《ひじ》をついて手を組むと、彼女は心からの懇願を言葉に託した。

「……私の渾身《こんしん》のやっはろーに免じて、君たちに頼みがある」

その言葉で再始動した雪ノ下が、まずは落ち着いてティーカップを口に運ぶ。

「伺いましょう」

そして決意とともに呼気を落とし、平塚先生へと真摯《しんし》な眼差《まなざ》しを送った。

普段平塚先生が頼み事をしてくる時は、雪ノ下含めた俺たちがさんざんぶー垂れることから始まる。やがて劣勢になり半泣きになった平塚先生を見て、ゆきえもんが「まったくしょうがないなあ、しずちゃんは」と折れるのが、いつものパターンだ。

しかし妙齢の女教師の一世一代のやっはろーという痛烈な先手を打たれた以上、雪ノ下も初手から観念せざるを得ない。今日の平塚先生は本気だ。

「ねえヒッキー、やっはろーはどこに行こうとしてるのかな……？」

自分の挨拶《あいさつ》が知らず知らずのうちに成層圏まで一人歩きし始めてしまっていることで、由比ヶ浜が不安げに声を震《ふる》わせる。

「その答えを探すために、俺たちは生きているのかもしれないな」

俺に返せるのは、せめてものささやかな慰めに過ぎなかった。

平塚《ひらつか》先生は俺、雪ノ下《ゆきのした》、由比ヶ浜《ゆいがはま》へと、順に視線を移していく。

「君らあれだろ、イマドキの若者だから、ユーチューブとかめっちゃ見てるだろ」

そして、さっきまでまとっていた雰囲気からは考えられないほどの薄っぺらい話題を振ってきた。

「単刀直入に言う。この奉仕部の、ユーチューブ公式チャンネルを開設してもらいたい」

「あ絶対嫌です」

俺は大腿四頭筋を唸《うな》らせ、勢いよく立ち上がった。速やかに踵《きびす》を返した瞬間、平塚先生に腕を摑《つか》まれる。

捨てられた子猫のようにか弱い瞳で見上げられ、俺は「うっ」と息を呑《の》む。その子猫の入っている段ボール箱には「結婚してください」と書いてあるはずだ。

くっ……このままでは結婚してしまう……!!

「理由を話してください、平塚先生。いくら何でも唐突過ぎます」

努めて冷静に、諭すように言う雪ノ下。

「うむ。実は……学校から頼まれたことなんだ」

知ってた。てか、だいたいいつもそれだ。

「少し前のことだが……市内の別の学校で、生徒がユーチューブにアップした動画がネットで炎上したことがあった。それから炎上対策で、各学校単位で公式チャンネルを開設するのを推奨する動きになっているらしくてな」

机の上に出してある相談メールのチェックに使っている備品のノートパソコンへ、苦々しい表情で目線を向ける平塚先生。

その説明で俺も合点がいった。

「え？　炎上対策？　で、学校が？」

？《ハテナ》マークを何個も散らしている由比ヶ浜に、俺は説明をしていく。

「この御時世に、学生が動画サイトに動画アップしたりすんのを学校側が禁止するのは難しいからな。だったらいっそ学校も、どんどんチャンネル開設やら動画投稿やら、積極的に首突っ込んでいけばいいってことだろうよ」

「そうすることで、ある程度の抑止力にはなると考えているのでしょうね」

雪ノ下らしい言い回しで結論づけられた。

「あ、そっか！　『学校も見張ってるよ』ってアピールできるんだ！」

由比ヶ浜が手の平をぽん、と叩《たた》く。そこはちゃんと察したようだ。

つまりは「君らが利用しているサイトは学校も見てるんだからね」と暗に強調することで、

生徒が考え無しに無軌道な動画を投稿することに心理的ブレーキをかけることが狙《ねら》いなのだろう。どれほどの効果が期待できるかは別としてな。

そう考えりゃ今の時代、学校は大変だよな。在校時間内の生徒の行動だけじゃなく、家や外にいる時、ネットで何かするんじゃないかってことにまで神経張り巡らせてなきゃいけないんだから。

「で、うちも公式チャンネル作ることにしたらしいんだが……そういうのに疎《うと》い、年輩の先生が多いだろう？　なので他の学校を参考にして、学校だけでなく部活ごとのチャンネルなども作ってはどうかなー、みたいな話になってな」

うわあ、手間を生徒に分散する気満々だ。でもそれって最初の問題から考えれば本末転倒《ほんまつてんとう》じゃね？

「それで、言われるんだよ。『平塚《ひらつか》先生はお若いですから、受け持ちの部活のチャンネルはすぐ作れるでしょう。何なら学校のチャンネルの管理もお任せしたいですなガハハ』とか。何でもかんでも私に押しつければいいと思って……働き方改革はどこに行ったんだ……!?」

平塚先生は憎々しげに肩を震《ふる》わせ、力いっぱい溜息《ためいき》をついた。

「そうして途方に暮れていた時、由比ケ浜《ゆいがはま》、君のことを思い出した」

「えっ、あたし……ですか？」

「私はユーチューブもユーチューバーもよく知らんのだが、テンション高く変わった挨拶《あいさつ》をするのがユーチューバーだという知識はある」

顎《あご》に手をやりながら、自信満々に口にする平塚先生。

残念ながら、その唯一の知識は……。俺は力無くかぶりを振った。

「やっはろーって、ユーチューバーの挨拶っぽいなと思っていたんだ……由比ヶ浜、君ならユーチューバーになれる!!」

「うえぇぇ、あたしそんなの意識してないし!?」

平塚先生に力強く肩を摑《つか》まれ、由比ヶ浜は困惑気味に俺たちの方を見る。

やっはろーは時代の流行に左右されない、いちJKの活力の産物だ。

これがユーチューバーの挨拶っぽいのではなく、むしろユーチューバーどもの挨拶がやっはろーの後追いの可能性の方が高いまである。

俺たちの反応が悪いと感じたのか、平塚先生は声に媚《こび》をにじませる。

「比企谷《ひきがや》、君、前々から相談メールの存在を渋っていただろう?」

俺は相談メールの存在を渋っているんじゃなくて、相談として送られてくるメールがあまりに特殊なものばかりなことを問題視していたつもりだったのだが、なかなか真意が伝わっていないらしい。

「いや、私もな……? お悩み相談をメールで受け付けるのは、今の時代、もう古いんじゃないかと思っていたんだ」

憂いを帯びた顔で虚空《こくう》を見つめていた平塚《ひらつか》先生だったが、唐突にそんなことを言い出した。

「この機会にメール募集を終わりにして、ＬＩＮＥとかで募集することも視野に入れようかな、と……それこそ、ユーチューブで――」

「ノーノーノーソレコマルノーノーノー」

俺はやおら立ち上がると、平塚先生の提案を気持ち強めに制止する。焦《あせ》りのあまり若干カタコト気味で。

「メールだから、まだ対応できる量で済んでるんですって。イミフな内容のも多いけど、本当にヤバいのなんてそうそう来ないからな。これがＳＮＳやらネットでオープンに募集なんてしたら……」

「冷やかしや悪戯《いたずら》が爆発的に増えるでしょうね」

俺の言葉を引き継ぎ、雪ノ下《ゆきのした》が小さくかぶりを振る。

「無視をするのにも、体力は使いますから。ユーチューブチャンネルを開設するのも、ネット上で相談を募集するためなのであれば、私は反対します」

というか、俺たちの個人端末で相談を見れるようになることがどれほどの心労をもたらすか、平塚先生には前にかなり力説したはずなのだが。

「そうかな、これも時代だと思うぞ。情報を発信し、また受け取る媒体は、時代とともに移り変わっていく。ポケベルがガラケーに、ガラケーがスマホに――」

コナンくんの作中一年以内のガジェットの変遷かな？

「わかった、募集はやめておこう。しかし、公式チャンネル自体は何とか引き受けてくれないか……」

「平塚先生。一つ確認しておきたいのですが……部のチャンネル開設自体は構いません。けれど、内々のＰＲ映像ならいざ知らず、全世界に配信されるとわかっている動画に姿を晒《さら》して出演することはできませんので」

「うん……あたしも、元々そういうの苦手だし……」

雪ノ下たちの懸念を受け、平塚先生は大きく肩を落とした。

「うう、そうだよな……私だって学校の公式チャンネルの方で他の先生方と一緒に動画にちょっと出演したが、それだけでもかなりハードルが高かったし……」

ハードルが高い。

ならハードルを飛び越えるのではなく、適度に力を抜いて下を潜っていけばいいだけだ。

「やり方次第じゃないか？　何も俺たちの誰かが動画に出る必要はない。代わりのマスコットキャラをデザインして、それを画面に映して、音声だけ俺たちの誰かがやればいい」

俺が提案すると、由比ヶ浜《ゆいがはま》が興味深そうにこちらを見てきた。

企業がよくやっている手だ。一社員を代表としてチャンネルに出演させるより、マスコットなりイメージキャラなりを設定して、それに代弁させるのだ。そうすれば、誰かが悪目立ちすることはない。つまり、責任を負わされることがない。

「奉仕部のマスコットキャラ！　面白そうだね!!」

いきなり乗り気になる由比ヶ浜《ゆいがはま》。それを見てほっとしたのか、平塚《ひらつか》先生は穏やかに微笑《ほほえ》み、胸の下で腕を組んだ。

「時に君たちは、普段どんな動画を見ているんだ？　私はせいぜい、婚活サポートや自己啓発系の動画を見ているくらいなんだが……」

「雪ノ下《ゆきのした》は、そういうの興味無さそうだよな」

平塚先生の出した具体例が生々しすぎて涙腺がチクッとしたので、俺はあえてそこに触れることなく雪ノ下へとパスを送る。

「失礼ね、私だって動画サイトぐらい活用しているわ」

そういやこいつ、ネットで猫動画漁《あさ》ってるんだっけか。逆にそういうのしか見てなそうだけど。

「そういうヒッキーは？　ユーチューバーで誰が好きとか、どのチャンネル登録してるとかあるの？」

「俺は……そうだな、千葉県公式チャンネルは登録してる」

「何というか、想像通りね……」

えっ、なんで雪ノ下はそんな「仕方ないなあ」、みたいな目で見るの？　むしろ千葉県民として褒《ほ》められて然《しか》るべきじゃない？

「あと、ポニーキャニオンの公式チャンネルもだった」

「わ、意外。そこにヒッキーの好きなアーティストが所属してるんだっ？」

話題が合うかもと思ったのか前のめりに聞いてくる由比ヶ浜を、俺は強固な心の壁でストップさせる。

「いや、ポニキャンのチャンネルは『チーバくんを探せ』が配信されているからな」

今時の歌手のことはよく知らん。今年リリースされた楽曲でそらで歌えるものなんて、プリキュアの主題歌ぐらいだ。

「出たチーバくん……ヒッキーの好きなゆるキャラ……」

「他に細かく言ってけば、ふなっしーのチャンネルとか色々な。まあそんくらいだ」

売れてるユーチューバーの商品紹介とか、ゲーム実況とか、てんで見ないからな。

ふなっしーと聞いて、平塚先生はおお、と手を叩《たた》いた。

「奉仕部チャンネルが軌道に乗ったら、ゆくゆくはふなっしーとかゲストに呼びたいな。盛り上がるぞう」

あなたは千葉県の影のフィクサーか何かなの？

「ていうか、ふなっしーでいいから私と結婚してくれないものか……」

平塚先生は大きく溜息《ためいき》をつき、本音を吐露する。

いやむしろふなっしーなんて人間じゃなくて梨なことさえ除けば超絶優良物件でしょうが、むしろ俺が結婚して養われたいなっしー。

「そういえばふなっしーって、どうして未《いま》だに非公式なのかな……。あんなに頑張ってるんだから、そろそろ公式にパワーアップしてもいい頃だよね？」

由比ヶ浜《ゆいがはま》が寂しげに肩を落とす。

「段位制じゃないからな？　公式非公式って」

俺が補足しても、由比ヶ浜は不思議そうに首を傾《かし》げるだけだ。色々あるんだろうよ。

話をしている間に、平塚《ひらつか》先生は備品のノートパソコンを操作していた。

「皆、これを見てくれ。すでにうちのサッカー部は暫定的にだが公式チャンネルを作っているらしい。参考になるぞ」

ブラウザでユーチューブを表示し、検索窓に「総武《そうぶ》」「サッカー部」と打ち込む。

そうして表示されたページのヘッダーには、見覚えのある校舎の写真が。確かに、総武高サッカー部のチャンネルのようだ。

相変わらず優等生さんたちだこった。やはり、葉山《はやま》が爽《さわ》やかに引き受けたのだろうか。

画面には、投稿されたものと思しきいくつかの動画のサムネイルも見える。

「あ、戸部《とべ》っちだ」

由比ヶ浜が画面を指差す。

ほ、本当に戸部が動画投稿してやがる……。

「今のところ、試しに個々人で自由に動画を投稿しているようだな」

平塚先生が言うには、まだ試合や練習風景の映像をアップするような段階ではないようだ。

サムネイルには白く縁取られた大きな黄色文字で、「エリアシ切りすぎてマジ危機だわー」と書かれている。

しかしそこに映っている戸部を見ても、襟足《えりあし》はいつもどおり中途半端にウザ長い。これで切りすぎってお前、普段は自分の襟足をミリ単位で管理してるのかよ。

「サッカー部の公式チャンネルは、だいたい戸部が一人で動画を投稿してるようだな。何でも、気ままに千葉をさんぽする内容らしいが」

「サッカーしろよ」

俺ともあろうものが、画面に向けあまりにもオーソドックスな突っ込みをしてしまった。

しかしあいつだってそれなりに真面目にサッカー部をやっているのに、よく動画を投稿する時間なんてあるもんだ。そこは素直にすごいと思う。

ただ、多分サッカー部の公式動画で一番期待されてるのは葉山がどんだけ映ってるかなんだろうが、それはさっぱりなんだよな……。

「それじゃあみんな、すまないがよろしく頼む。特に由比ヶ浜、君の挨拶《あいさつ》が見る人聞く人に元気を与えると思っているのは、本当だからな」

平塚《ひらつか》先生は用があるのか、一通り説明が終わると部室の出入り口へと歩いていった。

「チャンネルができたら、そのうち私も何か動画を投稿しようと思う。それがきっかけで出会いの一つもあるやもしれんしな」

仕舞いには教師の方が動画を出会いの場にしようとしてるんだけど、大丈夫かこの企画?

残されたのは、いつもの型落ちノートパソコン一台。

その画面に映されたサッカー部……というか戸部《とべ》の動画サムネイルを見ながら、俺はどうしたものかと腕組みをする。

「で、実際どうする。形だけチャンネル作って放置って手もあるが」

気負う必要はない。そもそもどこぞの学校のいち部活の動画なんて、どうやったって閲覧数が伸びるものでもないからな。

「……嫌だと言うのは簡単だけれど、平塚先生、あれで色々なしがらみからこの部を守ってくれていると思うの。今回のことが今後の学校の方針だというのなら、ちゃんとこなしておけば部のためにもなるはずよ」

「まあ、それはそうだな……」

「! じゃあ、絶対やんなきゃだよ! 奉仕部のためだもん!!」

何て曇りのないまなこをしているんだろう……。

「ええ。他にやることがない間はいいんじゃないかしら」

雪ノ下《ゆきのした》もひとまずは前向きな姿勢を見せている。

まあ、学校への体面として必須なのは公式チャンネルを作るところまでで、動画なんて適当な一枚絵に機械的な紹介音声を乗せた奴一つでも上げておけば十分だ。それこそ、スマホで絵を映しながら横で俺たちの誰かが読み上げればそれで事足りる。

それなら別に、そこまで手間のかかるものじゃない。

「だとすれば、一番時間がかかりそうなのはマスコットキャラを作ることか」

動画に顔出しをしないための条件だ、マスコットキャラだけでもちゃんと考えないとな。

「ヒッキー、そういうの得意でしょ？　ゆるキャラ詳しいし!!」

上機嫌に身体《からだ》を揺らしながら、期待に満ちた目で俺を見てくる由比ヶ浜《ゆいがはま》。

「千葉県のゆるキャラに詳しいだけだっての。他は知らん」

「範囲が極めて限定的よね、本当……」

こめかみを指で押さえながら、雪ノ下が呆《あき》れたように言う。

「しかし、千葉県民が一からマスコットキャラを考えるのはハードルが高いぞ。うちには不動の人気キャラ、チーバくんがいるからな」

「え～、そんなに警戒することないじゃん、チーバくん、けっこう普通じゃない？」

危機感のない声を上げる由比ヶ浜。

「チーバくんを侮《あなど》るんじゃねえよ。いいか、そもそも御当地ゆるキャラは数あれど、その土地そのものの形を活かしたゆるキャラはざらにはいない」

「わっ、めっちゃ語り出した」

　ささっと姿勢を正す由比ヶ浜《ゆいがはま》。

「たとえば本州の一番上にある青森県は、何ぞ宇宙戦艦みたいな形に見立てるのが精一杯で、動物には見えない。しかし、千葉県はどうだ？　……どこからどう見ても、犬だ。犬の形だ。これは一つの奇跡の具現、神の贈り物と言っても過言ではない」

「過言よ」

　神より美貌《びぼう》を贈られし雪ノ下《ゆきのした》嬢が、その怜悧《れいり》な眼差《まなざ》しを放ってくる。しかし俺は断固として挫《くじ》けない。

「だから俺たち千葉県民は、自然とチーバくんを好きになるんだろうな。ある意味千葉県民の遺伝子に刻まれた潜在的な愛だ。そんな偉大なゆるキャラに見守られた土地で新たなゆるキャラを生み出すのは、なかなか難しいと思うがな」

　いつしか、由比ヶ浜が俺の方をちらちらと見ながら、身を小刻みによじっている。

「何だよ」

「や、はは……ヒッキーが好きとか愛とか熱く語るの、珍しいから……」

　な、なんでそんなに頬《ほお》を染めてるの。そんなに聞いてて恥ずかしかったの？

「つ、つまりさっ！　千葉県に住んでいる人間は、犬好きになるべきってことだよねっ!!」

由比ヶ浜は何かを誤魔化すように勢いよく机に両手をつき、身を乗り出した。え、そういう理屈になっちゃう?

「いいえ由比ヶ浜さん。私は千葉県に住んでいるつもりはないわ」

負けず嫌いのあまり、猫派が自分の戸籍を否定し始めている。じゃあ君は次元の狭間にでも住んでいるのかね。

ともあれもう一押しだ。俺は、机の上にノートを出した。

まだまだ危機感の足りないJKたちに、あの完成されたフォルムをあらためて見せつけるためだ。

そして、シャーペンを手にするが早いか、残像が残るような速さでノートの上を走らせる。

千葉の誇る紅《くれない》の守護獣・チーバくんが、ノート上に顕現し始めた。

「うっわ、すっごい……」

それを見た由比ヶ浜が、ほう、と息を漏らす。

俺は迷いの多い人生を送ってきたが、チーバくんを描く線にはいささかの躊躇《ちゅうちょ》も無い。雑念は宿らない。入魂の一発描きだ。

仮に目を閉じて描いても、ある程度のクオリティは保証されるだろう。それぐらいの自信はある。

向きの違う三体を書いた後、赤ペンで斜線を入れ、色塗りを終えた。

「これで正面、横、後ろの三面図が完成した。アニメーターに資料として配ってもらっても構わないぞ」

雪ノ下《ゆきのした》と由比ヶ浜《ゆいがはま》がノートに顔を近づける。二人は多寡《たか》の差はあれど、ともに驚いたような反応を見せた。

「ひえ〜、普通にうまいじゃん！　本物のイラストとほとんど区別つかないよ！」

「あなたの妙な千葉愛には度々呆《あき》れ……もとい驚かされてきたけど、口だけではないのは素直にすごいと思うわ。これだけ描けるのなら、オリジナルのキャラにも期待できそうね」

「うん、がんばろヒッキー！」

本音を言えば、賞賛されるのは悪い気はしないが……このクオリティはあくまで愛の深さに比例したもの。

奉仕部のマスコットキャラに……ひいては奉仕部に、俺はそこまでの思い入れを持てるのだろうか。

×　×　×

そして次の日の放課後。

教室から部室へと向かう前に、俺は他の部の人間に参考意見を聞いておくことにした。

「戸塚《とつか》」

「あ、八幡《はちまん》っ」

今日も今日とてトニカクカワイイ戸塚が、煌《きら》めく笑顔で振り返る。

「朝に言った件、何か思い浮かんだりしたか？」

「うん、部活のマスコットだよね。もしかしたらテニス部でもチャンネルとかを作ることになるかもしれないし、僕も一生懸命考えてみたよ！」

もう案がまとまってたのか、さすがは戸塚。

「俺らも色々考えてるんだが、なかなか意見がまとまらなくてな」

っていうか、昨日はほぼチーバくん描いてチーバくん語っただけで終わったからな。

「僕、あんまり絵は得意じゃないけど、頑張って描いてみた」

戸塚はいそいそとスクールバッグの中を探り、一枚の紙を取り出した。まるで賞状を親に見せる子供のように、はいっ、と俺に向けて見せてくる。

「えへへ……テニス部のマスコット、『テニスウサギ』だよ」

うむ、何て愛らしいんだ。

テニス部のマスコット……ではなく、戸塚が。

戸塚の推すテニスウサギは、可愛《かわい》さの中にワイルドさが同居したデザインだ。

ベースは三頭身ほどのコミカルなウサギだが、ウサ耳が長く伸び、その耳でテニスラケットをそれぞれ一本ずつ握っている。肝心の手には、右にチェーンソーらしきものと、左にガドリングガンらしきものを装備していた。

戸塚《とつか》検定一級の俺だから、らしき、ぐらいで理解できるのだが……普通の人では何を手にしているかは、ぱっと見ではわからないはずだ。俺は戸塚検定の段位がさらに上がったことを確信しながら、なかなか味のある絵を描くじゃないか、と感心した。

「つ、強そうに見えたらいいなって……どうかな」

「ああ、めっちゃかっこいいぞ」

バイオレンスになりきれないファンシーキャラを、戸塚は愛おしげに見つめる。

そんな戸塚を、俺は愛おしげに見つめる。

戸塚マジ天使。マジ天使《えんじぇる》。

俺は特別信心深いわけではない。

むしろ、神はいないと人生の中で何度も噛《か》みしめてきた。

だが戸塚という地上に舞い降りた天使がいることで、逆説的に神もまた存在しているのだと証明されているように思える。

そうして俺は今日も、バーゲンのポスターをプラットホームでぼんやり見つめながら、キャッシュカードの残高を数えるのだ。

「八幡《はちまん》もでき上がったら見せてね、楽しみにしてるからっ」

「わかった、でもあんま期待はしないでくれよ」

戸塚は俺に手を振り、教室を後にした。今日も頑張れ、部長さん。

むう、普通にやる気が出てしまったな……しかし、こんな単純な自分が嫌いではない。

教室の後ろの方を見ると、由比ヶ浜《ゆいがはま》が海老名《えびな》さんと談笑していた。

「ウッソ！　比企谷《ひきがや》くんが……。……チーバく……、で……。……から……愛ゆえに……チーバくんの舌で……」

由比ヶ浜も、海老名さんにマスコット制作の話をしているようだ。

教室にいる他の生徒の世間話に遮《さえぎ》られて断続的にしか聞こえてこないが、会話の内容が少々恐ろしい。

「甲斐性かもしれないけど……浮気も一度ぐらいならスパイスかもしれないけど！　それでも葉山《はやま》くんとチーバくんじゃ住む世界が違いすぎるよお！　と、エビナは眼鏡《めがね》のブリッジを指で上げ下げしつつ苦悩します……!!」

てかもう全然断続的じゃねえよ、ヒートアップした声が丸々お届けされてるから。

ふなっしーと結婚したい女教師がいたり、チーバくんと浮気する男子生徒がいたり、総武《そうぶ》高校はもう駄目だ。

あとは、マスコットキャラを作るなら、その設定もある程度決めておきたいところだ。

仕方ない、こういう時ぐらい材木座《ざいもくざ》に話を聞いてみるか。

材木座と校舎裏で待ち合わせをし、マスコットのキャラ付けについて何かいいアイディアはないかを相談した途端――

「もふるん。ショーショーはやみん。我《われ》にキャラ造形で教えを請うとは、何たる慧眼《けいがん》！」

トレンチコートの裾《すそ》を翻《ひるがえ》して爆走しながら詰め寄ってきた材木座が、がっしりと俺の腕を摑《つか》んだ。

「待て材木座やっぱりこの話はなかったことに」

「千葉愛に一家言あるであろう汝《なんじ》に、とっておきの設定のキャラを授けてくれようぞ！」

蒸気機関車のように鼻息を荒らげ、革の指抜きグローブが軋《きし》み音を上げる。

「かの名は『破壊神チヴァ』一万年に一度千葉県に現れるという三治神《さんちしん》の中でも最も冷酷なる死の女神その容姿は幼く美しく氷のように凍てついたツインテールをなびかせ一瞥《いちべつ》しただけで街一つを原子に還す人智を超えた力を持ちながらもオタク文化に心奪われてしまったばかりに主人公に対してだけはよくなつき数億年の刻《とき》を一人で生きてきた孤独の反動も相まって実に」

……。

…………。

…………。

「えぐっ、えぐっ……」

俺は嗚咽をこぼしながら、よろめく足取りで部室へと向かう。

イメージ映像では俺の制服はビリビリに破れている。数十分に及ぶ破滅音波に曝《さら》され、すっかり憔悴《しょうすい》してしまっていた。

やだわあの人、もう結構ですって言っても離してくれないんですもの……。

設定厨をその気にさせてしまうことの恐ろしさを、俺は身を持って体験した。

何だよ破壊神チヴァって、あいつ創作活動に行き詰まりすぎてどんなモンスターを生み出そうとしてんだ。ちょっとかっこいいとか思っちまったじゃねーか。

そうして俺は、満身創痍《まんしんそうい》で奉仕部の部室に辿《たど》り着いた。

「遅かったわね……何やら今日は、目だけでなく顔の生気も無くなっているようだけれど」

「ヒッキー、大丈夫？　何かあった？」

雪ノ下《ゆきのした》と由比ヶ浜《ゆいがはま》が、俺の疲労困憊《ひろうこんぱい》ぶりを感じ取ったのか、労《いたわ》りの言葉をかけてくる。

「ああ、問題ない。生きているだけで儲《もう》けものだ」

倒れ込むように椅子《いす》に座る。すでに雪ノ下と由比ヶ浜は、机の上にノートや紙などを広げて話し合っていたようで、習作と思しきイラストもいくつか見える。

俺たちは、それぞれ持ち寄ったアイディアを出し合うことになった。

まずは由比ヶ浜《ゆいがはま》が先陣を切り、スケッチブックを机に立てる。

「あたしはね、ヒッキーの好きなチーバくん要素を取り入れたいと思ったんだ。アイディアを出してくれたヒッキーが喜んでくれるものが、一番いいもん。それで、姫菜《ひな》にアドバイスをもらったってわけ！」

前半だけなら素直に胸が温かくなるのだが、そっから後半の文に全く繋《つな》がらないんですけど。この本、乱丁じゃない？

「じゃんっ！」

天真爛漫《てんしんらんまん》な笑顔とともに、スケッチブックの表紙をめくる由比ヶ浜。

俺と雪ノ下《ゆきのした》は、同時に顔を近づけた。

妙に等身が上がってイケメンのチーバくんが、壁に追いつめた俺（?）の制服のネクタイを掴《つか》み、「お前の視線、ずっと感じてたぜ……?」と囁《ささや》いている。そして俺（?）は、罪悪感と羞恥《しゅうち》の入り交じったような表情で顔を逸《そ》らしていた。

マジかチーバくん、俺の熱視線に気づいていたなんて……。

いやいやいやいやいや。

これ、海老名《えびな》画伯の作品だよな？　画風からなんというか、負のオーラ……いや腐のオーラをひしひしと感じる。

「あの、由比ヶ浜さん。それってつまり、普通のチーバくんよね？」

雪ノ下が困惑気味に問いかける。

見た目と行動が普通ではないが、確かにただのチーバくんだよな。これを奉仕部のマスコットにはできないだろ。

ちっちっちっ、とこれ見よがしに指を振る由比ヶ浜。舌打ちがスタイリッシュではなく、ほぼ声に出して言っていた。

「ここからヒッキーとチーバくんを合体させるのが、姫菜のアドバイスなんだって!!」

この先が本番だとばかり、由比ヶ浜はえっへんと胸を張る。

海老名さんの助言をもらった末のそれは、少年漫画的な意味での合体でいいんですよね。力を合わせようぜ的な、純粋な意味ですよね。

「俺なんかとチーバくんが合体したって、千葉県だけに一〇〇〇の力のチーバくんが一〇〇一の力になるだけだろうが……いや、ヘタすっと今より魅力がなくなるかもしれないぞ」

自分に合体素材としての価値があるとは思えない。

「そんなことないない！　名前ももう考えてるんだよ？　ヒッキー……八幡《はちまん》と、チーバくんで、ハチーバくん！　いい名前だよね？」

「いいわ――」

けねえだろ、と言いかけた俺だが、途中で「あれ？　意外とよくね？」と思い至ってしまった。ほとほとチーバくんには甘いな、俺は……。

「ほい、じゃん!!」

すっかり紙芝居芸人と化した由比ヶ浜《ゆいがはま》が紙をめくると、見事合体を果たした俺とチーバくんの姿がそこに描かれていた。

……チーバくんの円《つぶ》らな瞳が、濁り、淀《よど》み、死んだ目に変わっている……。

「っていうか、目以外、全部元のチーバくんじゃねえか」

先ほどの絵のタッチとの違いからして、こっちは由比ヶ浜自身が描いたのだろう。元のチーバくんよりもさらにデフォルメの利いた、輪郭の省略されたデザインだ。

こいつ、こんな死んだ目で何ぺろっと舌出してんだよ。

「でも、ヒッキーとチーバくんが合体したキャラだって一発でわかるよね？」

自信たっぷりに俺を見てくる由比ヶ浜。

「そうね、少なくとも彼を知る人間なら一目でわかる。ここまで端的に比企谷《ひきがや》くんを表現できるのはすごいと思うわ、由比ヶ浜さん」

雪ノ下《ゆきのした》も温和な笑《え》みとともに賞賛を送る。

「へへー……まあ、ヒッキーの目とか、もう暗記しちゃってるし……」

自信作だったのか、褒《ほ》められて面映《おもは》ゆそうに後頭部を撫《な》でる由比ヶ浜。俺の方をちらちら見ながら、また嬉しそうにはにかむ。

これは迂闊《うかつ》に駄目出しできる雰囲気じゃねえぞ……。

せめて俺の髪の毛とか、制服の一部でもいいから取り入れてあげてよ。まっ裸《ぱだか》な上に赤いよハチーバくん。

いやむしろ、合体における生存競争で目しか残れなかったってことか？

「そうか。俺、合体したらチーバくんに完全に支配されちゃってるってわけか……」

やさぐれた気持ちになった俺は、吐き捨てるようにそう言った。

「相変わらず向上心がないのね。むしろ、ここから自分がチーバくんの意識を押さえ込んで支配する——ぐらい言えないのかしら」

そんな俺の不甲斐なさを糾弾《きゆうだん》する、雪ノ下の厳しい視線。

「そうだよ！　ヒッキー成分が少ないなら、こっからもっと表に出てきてもいいし！」

「そういう問題か……!?」

俺はチーバくんを好きだが、じゃあチーバくんになりたい、と思うわけじゃないだろう？

髪型のツインテールが好きだからといって、実際にツインテールそのものになりたいと思うやつなんていないのと同じだ。

……………いや、いるかもしれないが、少なくとも俺はチーバくんとの同一化を望んでいるわけではない。

「ではまずこれを第一候補として、私たちも発表しましょうか」

保留じゃなくて没だろ、何当たり前のように選択肢の一つに加えてるんだよ。

これを奉仕部のマスコットになんかしたら、二度と依頼なんて来ねえぞ。

雪ノ下《ゆきのした》は咳払《せきばら》いをして居住まいを正すと、俺たちの前に紙を差し出した。

「私が考えた奉仕部のマスコットは、これ。『がんばりねこ』という名前よ」

描かれているのは、苦悶《くもん》の表情でダンベルを持ち上げている猫のキャラクターだ。

「わー、かわいー!!」

女子特有の甲高《かんだか》い同調歓声を上げる由比ヶ浜《ゆいがはま》。かわいい……か？

「奉仕部要素はどこにあるんだ？」

俺はつい聞かずにはいられなかった。

絵自体は普通に上手いのだが、ある意味ハチーバくんよりも奉仕部からは遠い。どう見ても運動部のマスコットじゃないか、これ。

「奉仕とは最善を尽くすこと。頑張ること。だからがんばりねこよ」

勝ち誇ったかのように髪を掻《か》き上げる雪ノ下。

いや、俺が引っかかってたのは頑張るって名前じゃなくて、この見た目の方なんだが……

一片の迷いもない澄んだ目でそう言われてしまっては、もはや返す言葉はない。

そういや雪ノ下がハマってるパンダのパンさんも、やさぐれた見た目の動物だったな。戸塚《とつか》の描いたマスコットも武装していた。

もしかして俺の感性が間違ってるだけで、今時のマスコットはバイオレンス要素を取り入れるのがマストなのか？

「そういうヒッキーのは？」

ジト目で見てくる由比ヶ浜。くっ、確かにこいつらのアイディアに色々突っ込みはしたが、じゃあ自分の案が完璧《かんぺき》かというと——

「こ、これだ。『ほうしスルヨン』……」

俺が出した紙に書かれたキャラは、キノコの形をしたコミカルなマスコットだ。

あまりパーツを増やさずシンプルな見た目を目指したが、総武《そうぶ》高の男子制服のネクタイだけがアクセントとして胴体についている。

「なんでキノコ？」

昨日あれだけチーバくんの絵を褒《ほ》めていた由比ヶ浜も、今日は一目見ての困惑が勝っているようだ。

「奉仕と胞子《ほうし》をかけてるんだよ」

つらたん。滑ったギャグを解説している気分だ。

ほうしスルヨンの頭からは、常に黄色い粉が飛び散っている。その胞子《ほうし》が最大のアイデンティティだ。

「駄洒落《だじゃれ》じゃない……」

「ゆるキャラじゃなくて、ゲームの敵キャラみたい」

雪ノ下《ゆきのした》と由比ヶ浜《ゆいがはま》が、テンポ良くワンツーを叩《たた》き込んでくる。

くっ、やはり反応があまりよろしくない。

「駄洒落でいいんだよ。マスコットはこういうわかりやすいコンセプトが大事だって、昨日言っただろうが。奉仕をイラストで表現するのは難しいが、胞子ならすぐに伝わるからな」

俺はそう言いながらも、内心どんどん自信が無くなっていった。自信を持って描き始めたけど終わった後で「本当にこれでいいのかな」ってなること、よくあるよね。

俺が悪かった。ハチーバくんもがんばりねこも、それぞれ魅力的だ。

「ぶっちゃけ俺は、この中のどれを使ってもいいと思うんだが」

「えー、決められないな〜」

由比ヶ浜が机の上に三枚並んだイラストを前に、むー、と唸《うな》る。

「そうね……それじゃ、第三者に忌憚《きたん》のない意見をもらおうかしら」

雪ノ下は俺を一瞥《いちべつ》すると、バッグから携帯電話を取り出した。

×　×　×

けっこうな既視感なのだが、それから一時間と経たないうちにその第三者が部室へと突貫してきた。元気よく入室してくる、小柄な女の子。

紹介しましょう、俺の妹の比企谷小町《ひきがやこまち》です。

「あっ、小町ちゃんだ！　やっはろー」

「まっはろー！　です」

またやっはろーの亜種が生まれてしまったか。しかも、今回のは音速で太股蹴ってくるみたいな語感でぞっとしねえ。

「っていうか、まっはろーって何だ」

「もち、小町の『ま』を取り入れたアンサーっしょ！　結衣《ゆい》さんマジリスペクト」

べーわ、うちの妹の言動が若干戸部《とべ》ってきてるわ。

だいたい、それならなんで小町の「こ」でこっはろーじゃないんだよ、「ま」なら俺の名前にもあるっつーの……。

そのツッコミは胸に仕舞っておきつつ、するべき詰問《きつもん》はしっかりとしておくべきだと、俺は雪ノ下に向き直った。

「お前、ことあるごとに俺の妹に召集かけんのやめてくれる？」

こいつ、他に部外者の友達いないの？

……………いねえか、すまん。そしてそれについては俺が言えた義理ではなかった。

「現役中学生の方が流行には詳しいと思ったからよ。こういう時小町《こまち》さんは頼りになるわ」

「全っ然気にしないでくださいね雪乃《ゆきの》さーん！　ネットのミームなら任せちゃってください！　小町たちは、ＧＡＦＡに人生を委ねた世代ですから!!」

頼り甲斐を示すように、握り拳《こぶし》を胸に当てる小町。

ＧＡＦＡ《ジーエーエフエー》だかＴＩＢＡ《ティーアイビーエー》だか知らんが、その新世代の申し子は早速雪ノ下《ゆきのした》から経緯を聞き、そして俺たちのイラストに目を通していく。

「ふむふむ……ハチーバくんもがんばりねこもいいと思うんですけど……すみません、どちらかといえばハチーバくんがらしいかもです」

「気にしないで、小町さん」

小町から遠慮がちに見つめられ、苦笑しながら肩を竦《すく》める雪ノ下。

……………あれ？　ほうしスルヨンは？

「でもマスコットにするなら、お兄ちゃん要素はオミットして雪乃さんと結衣《ゆい》さんの要素を前面に押し出した方がいいと思うんですよね」

お兄ちゃん要素オミットしたらそれもうただのチーバくんなんですけど。なに、ユキチーバくんとかユイチーバくんにでもするわけ？

「まあ、ハチーバくんがマスコットであっても、小町は常連視聴者になってあげるけどねっ☆……今の小町的にポイント高い」

俺へのフォローのつもりか、そう言葉を繋《つな》げる小町。いつもの口癖とともに、グッと親指を上げる。

おそらく「高評価」ボタンを押した、というジェスチャーだろう。

そして間を置かず、てきぱきと話を進めていく。

「話を聞いた限り、平塚《ひらつか》先生は結衣さんのやっはろーに賭けているわけですから、ここはやっぱりやっはろーを活かすべきだと思います！」

「あ、あたしのやっはろーにそんな価値なんてないって……！」

「いーえ、自信を持ってください！　小町、やっはろー好きですし!!」

「そうね。私も由比ヶ浜《ゆいがはま》さんの元気な挨拶《あいさつ》、好きよ」

雪ノ下にまでそうはっきりと打ち明けられれば、自信もつくだろう。困惑に彩《いろど》られていた由比ヶ浜だったが、ついにぱあっと顔を綻《ほころ》ばせた。

「あーんもー、ゆきのん好きっ!!」

雪ノ下にひっしと抱きつきながら、由比ヶ浜がさりげなく俺に視線を送ってくる。

言葉を求めているようにも思えたが……俺がここでしたり顔でやっはろーを褒《ほ》めるのも、何か違うような気がする。だから、気づかないふりをして天井を見上げた。

「そこで小町《こまち》提案しちゃいますっ！　奉仕部のマスコットは、雪乃《ゆきの》さんと結衣《ゆい》さんの合体でいくのはどうでしょうか！　もちろん、口癖はやっはろーで！」

「あはっ、いいねっ、ゆきのんとがったーいっ!!」

頰《ほお》をくっつけ合う勢いで雪ノ下《ゆきのした》に密着する由比《ゆい》ヶ浜《がはま》。仲がいいね、君たち。

「なるほどな。ユキガハマってわけか」

俺は用紙を手に取ると、さらさらっとシャーペンを走らせた。

雪ノ下の長髪をそのままに、お団子をくっつけて……というふうに、二人の特徴を適当に繫《つな》ぎ合わせて二頭身のデフォルメＪＫを構築していく。

ネタで描いたつもりが、どういうわけか普通に見れるクオリティになってしまった。マジでどういうことなの？

「うおお、普通に上手い……さすが毎週かかさずプリキュアを見てるだけあるね」

鑑定家よろしく大仰な所作でイラストを嘱目《しょくもく》した後、小町は俺に振り返って勢いよくサムズアップをする。高評価もう一回いただきました。

「それに、雪ノ下さんと由比ヶ浜さんをよーく見てるんだなって」

かと思えば、口許《くちもと》に手を当ててにやにやと含みのある笑いを向けてくる小町さん。

ははははよせやい、よーく見るどころか可能な限り目を逸《そ》らして生きているっつーの。

「……悪くないわね。私もこのマスコットなら異論はないわ」

自分をネタにされたも同然なのに、雪ノ下は穏やかな微笑《ほほえ》みを浮かべていた。

「うん、これいいよヒッキー！　なんか、どんどんいける気がしてきた!!」

由比ヶ浜に至っては、持ち上げた紙を抱き締めんばかりの勢いで喜んでいる。

え、じゃあこれでマスコット、できちゃった？

成せばなるもんだな、平塚《ひらつか》先生にチャンネル作ってって言われた時はどうなることかと思ったが。

机の上にユキガハマのイラストを立てて固定し、スマホのカメラを向ける。

現代の配信環境なんて、これで十分なんですよ。

「やっはろ〜！　あたし、奉仕部のマスコットのユキガハマ！　奉仕部チャンネル始まるよ〜！」

録画ボタンを押した瞬間、モノクロのユキガハマに声という名の彩りが付加される。

こいつ普通に適応力高いじゃねえか。

自分の顔が映らないっていう安心感あってこそのものだろうが、
さらにトークを続けようとした由比ヶ浜を、小町はディレクターよろしく一丁前にストップをかけた。アドバイスを送るつもりなのだろう。

「初回ですから、視聴者にわかりやすいようにやっはろーについて説明した方がいいかもですね?」

しかし、そこは俺も意見をさせてもらう。

「ばっか、そりゃ逆に余分だろ。聞いてりゃやっはろーが挨拶《あいさつ》なのはフィーリングでわかるんだ、むしろ何も語らずに気づいたら定着してた、ぐらいの方がいい」

小町《こまち》はおお、と感嘆の声を上げ、俺の腕をぽんぽんと叩《たた》いてきた。

「ふむ、さすがお兄ちゃん、やっはろーのことを小町よりもよく理解してるね。少し妬《や》けちゃうかも」

それは大好きなお兄ちゃんがやっはろーにかかりっきりになっちゃヤダよう、という下の子特有の可愛《かわい》らしいジェラシーか、それともやっはろーは私が一番知ってるんだから! という屈折した感情なのか、どっちなんだ。

ともあれ、動画の撮影があらためて再開された。

「今日は奉仕部の部長、ゆきのんのことを紹介するよ!」

「ちょっ……!?」

由比ヶ浜《ゆいがはま》はユーチューバーが買ってきた家電製品のレビューをするようなノリで、唐突に部長の紹介を始める。雪ノ下《ゆきのした》が絶句するのも無理はない。

そこから台本も無しに淀《よど》みなくスラスラと、雪ノ下がどれだけすごいかを熱く語っていく由比ヶ浜。目の錯覚か、ユキガハマのイラストが独りでに動いているようにさえ見える。

気恥ずかしいのだろう。雪ノ下は咄嗟《とっさ》に手を伸ばしたものの由比ヶ浜のレビューを止めることまではできず、虚空《こくう》に手を彷徨《さまよ》わせ続けた。

「そんなゆきのんが頑張って部長さんをやってるのが、奉仕部なんだよっ！　次回は部員のヒッキーを紹介するね！」

再生数爆下がり不可避。やめようよ、次回もゆきのんでいいじゃん。

「チャンネル登録と高評価、よろしくねっ！」

お決まりの文言で動画を締める由比ヶ浜。

俺も、カメラの録画ボタンをＯＦＦにした。

「……すごいわね、由比ヶ浜さん。平塚《ひらつか》先生の言っていたことは正しかったわ」

耳まで真っ赤にして由比ヶ浜のトークを聞いていた雪ノ下だったが、終わってみれば出てくる感想は賞賛に尽きるようだ。

「今まで部の活動記録というものを考えたことはなかったのだけれど……由比ヶ浜さんが奉仕部のことを残してくれるのを見て、素敵なものだと思えたわ」

「そ、そかな……。でも、そう言ってもらえるとすごく嬉しい！」

確かにな。

奉仕部の活動記録……それは雪ノ下でも俺でもなく、由比ヶ浜だからこそ語り残すことができるものなのだろう。仄《ほの》かな確信が、胸に湧いた。

「そうだねー、何か小町《こまち》も動画撮りたくなっちゃったよー。ね、お兄ちゃん」

それはお兄ちゃん許しませんよ。保護者フィルタリングを発動するしかない。大志《たいし》とかが更新のたびに一コメ狙《ねら》って張り付きそうだし。


予想どおり、マスコットを作るところまでが最大の山で、試しに動画を撮るのはごくあっさりと終わった。

明日にでも平塚《ひらつか》先生に確認してもらい、実際に奉仕部チャンネルの初動画として使えるかどうかを判断されることになるだろう。

少なくともユキガハマが没を食らうことはない、そう確信できた。

そのぐらい、由比ヶ浜《ゆいがはま》との親和性が高かったのだ。

×　×　×

自分で呼び出した手前、せめて帰りだけでもと思ったのだろう。雪ノ下《ゆきのした》は小町を玄関まで見送っていくと言って、部室を後にした。

俺と由比ヶ浜は、どちらからともなく動画撮影の後始末を始める。

といっても、スマホと紙をパパッと片づけりゃ終わりなんだが。

由比ヶ浜は、習作のマスコットが描かれた紙を一枚一枚嬉しそうに見直していく。

「やけに張り切ってたけど、お前、こういうの苦手じゃなかったか？」

俺の問いかけに一瞬きょとんとしたものの、

「あはは……何か、嬉しくて」

由比ヶ浜は程なくはにかみを見せた。

「やっはろー、って……何気なく言ってきた挨拶《あいさつ》がさ。好きだって、みんな言ってくれて。それが奉仕部のためになるんだったらーって……やる気が湧いてきたんだ。ほらあたし、普段の相談ではそんなに役に立ててないから」

所在なげに指で頬《ほお》を掻《か》く由比ヶ浜。さすがの俺も軽く呆《あき》れる自虐《じぎやく》だった。

「そりゃ卑下するにしても嫌味のレベルだろ。シェーだシェー。お前がいなかったら、とっくの昔にこの部は破綻《はたん》してる」

由比ヶ浜はビクッと肩を震《ふる》わせ、恐る恐る俺を見てくる。熱っぽく濡れるその瞳には、どんな感情が去来しているのだろう。

「俺と雪ノ下しかいない時間がどんだけ殺伐としてるか、知ってるだろ？　そこにお前が脳天気に『やっはろー』って言いながら入って来て……それでようやく奉仕部が始まるんだよ」

恥ずいこと言ってんなーって気はするけど、こいつには遠回しな言い方や比喩じゃまるっきり伝わらん。こんぐらいストレートに感謝を伝えるのも、たまのたまにはありだろうよ。

「そ、そんな……そっちの方が大袈裟《おおげさ》だよ」

でもな、無理して言いました感出してた平塚《ひらつか》先生だって、案外と以前から口にするチャンスを窺《うかが》ってたのかもしれないぞ。

由比ヶ浜《ゆいがはま》が思っている以上に、聞いてる人間の頭に残るんだよ、やっはろーは。

「つか俺も、やっはろーは悪くないって思ってる。うちの妹のお気に入りだしな」

先ほどの話し合いの中で照れくさくて誤魔化したことを、この機会に言い直しておく。それでも少し照れが入っちまったけど。

「……ありがと、ヒッキー！」

照れくささからか頰《ほお》に朱を差した由比ヶ浜が、俺に微笑《ほほえ》みかける。

「ただな。正直、今回のことに関してはあまり気負いすぎない方がいいぞ。学校なり部活なりのチャンネル開設は、まだ試行錯誤の段階だ。結局上手くいかなくて、学業に支障をきたすってなお題目で、ある日突然中止になることも、十分にあり得る」

てか、その可能性が高いと思うんだよな。その時、張り切っていた反動で由比ヶ浜が落ち込んだりしないか、俺はそれを懸念していた。

「うん。それでも……思い出が欲しいかなって。ヒッキーとゆきのんと、ずっと一緒にやってきた奉仕部だもん。どんなものでも、動画とか写真に残るのはいいことだよ」

形に残したいと思うのは、この時間がいつか終わると知っているからだ。

今日に限った話ではなく、由比ヶ浜はいつもセンチメンタルを感じながらこの部室にいるのかもしれない。

俺が斜《しゃ》に構えて受け容《い》れた、その寂しさを。

「そういう意味じゃ、マスコットを作っとくのはありかもな。ユキガハマはこれ以上のない、奉仕部の象徴だ」

結局、誰の鞄《かばん》に仕舞うでもなく、一束にまとめられただけのイラストが描かれた用紙の一番上には、ユキガハマが置かれている。

あらためて見ると、手前味噌《てまえみそ》だがいい出来じゃねーか。

「それなんだけどさ」

由比ヶ浜は紙の束からユキガハマを摘《つま》み取ると、跳ね飛ぶようにして俺の側に駆け寄ってきた。

「マスコット……〝ユキガハマン〟にしようよ」

「ユキガハマじゃなくて……ユキガハマン？」

何それ、来年のスーパー戦隊？　いや、最近はとんと「～マン」は無くなったんだけど。

由比ヶ浜は、ユキガハマのイラストの目の部分へ、申し訳なさそうに消しゴムを当てた。

横目で俺の反応を見ながら丁寧《ていねい》に擦《こす》って消した後、自分で目を書き直す。

「八幡《はちまん》のまんを合わせて、ユキガハマンだよ。これで、ヒッキーも一緒」

そうして描かれた目は、ハチーバくんと同じ。暗記するほど見ているから簡単に描けると豪語した、腐った目だ。これは紛うことなき八幡《はちまん》くんですわ。

「だから、俺を構成する要素は目しかねえのかよ……」

俺はあらためてユキガハマンを凝視し、その妙にしっくり来る見た目に少なからず驚きを覚えた。

くそ、輪郭が美少女だと目が死んでても画になるのかよ。不公平じゃね？

「これが奉仕部の思い出《マスコット》……こんなにわかりやすかったら、忘れようがないよねっ！」

由比ヶ浜《ゆいがはま》は手にした紙を見て破顔し、万感を溢《あふ》れさせた。

紡《つむ》いできた思い出を愛おしむように。これからの思い出を託すように。

悪戯《いたずら》っぽい目で俺を見てきたかと思えば、由比ヶ浜はユキガハマンのイラストをこちらに向けながら、顔の前にかざしてふりふりと振って見せた。

一瞬用紙の奥からひょっこりと顔を覗《のぞ》かせ、俺と視線が交錯すると、また紙の後ろに顔を戻す。

マスコットという仮面で自分を隠すのではなく、思い出に生命を吹き込む演者《アクター》として。奉仕部三人の心を束ねる少女として。

彼女は元気よく、挨拶《あいさつ》をするのだった。

「やっはろー！」

いつか、その甘さを好きになることができる気がする。

渡 航

最近、夕食のメニューが一品増えたんだよ。

まぁ、デザートなんだけど、あ、今の子はスイーツって言った方がわかりやすいよね。ごめんごめん。僕、甘いものそこまで得意じゃないから、そういうの疎《うと》くなっちゃうんだ。

でね、夕食にスイーツが出てくることが最近多いんだよ。

や、別に僕が昇進したわけでも、給料が上がったわけでもないんだけどね。それどころか仕事量から逆算すると、下がっているような気さえするし。君らがよく言ってる『コスパが悪い』ってやつ？　ほんと最近の若い子はすごいね。おじさんからすると、みんな何考えてるか全然わかんないもん。

や、いい意味でだよ？　いい意味で。……これも若い子よく言うよね。人を悪く言うときでも、いい意味でってつければいいと思ってるじゃん、あの子ら。

……あ、いやほんとにいい意味で言ったんだよ、僕は！　ごめんなさい！　怒らないで！　他意はないの！　不機嫌そうにキーボードがちゃがちゃ打たないで！　それ怖いから！

ほんと違うんだって。ほら、僕らがそれくらいの年齢だった時にはまだコスト意識なんてま君ら若手はみんなすごいよ。よく頑張っているっていうか、よく考えてるよね。今の若い子ってること正しいよね～。僕もほんと思うわ。
しばらくは業績横ばいかなぁ。そうなると、コスト削れって話になるから、やっぱり君らの言
まぁ、そんくらいうちの会社も余裕ないんだよネ！　さすがに潰《つぶ》れたりはしないけど、……
めの名ばかり管理職だからね？　ブラックなんだよブラック。ブラック会社。
部長とか肩書きついてるけどさ、これあれだから、休日に出勤させて残業させ放題にするた
たちが抜ければ多少はね？　ていうか、僕だって大してもらってないんだよ？　マジでマジで。
給料低くてごめんネ！　雇われの僕が謝ることじゃないけど！　うちの会社も上のじいさん
うんうん。若者にお金が回ってないからって言うのはわかってますよ。
って家も買わないでしょ。賃貸でいい、みたいな？
いしないし、賢いなーって感心しちゃうよ。見栄張って車とか時計とか買ったりしないし、今
だから、今の若手はほんとにみんなちゃんとしてるなって思うの。僕らよりもさらに無駄遣
で仕事してたわけで……。
政経費削減でしょ？　ランニングコストどころか先行投資する余裕もない、かっつかつの状態
で、次は僕らの番だなーと思ってたら氷河期とかロスジェネとかいろいろ言われて、緊縮財
て、じゃんじゃんばりばり経費使っててさ……。
ったくなかったわけじゃん。僕らの上の世代はバブルのノリで、会社の金は自分の金だっつっ

らって生まれた時から緩《ゆる》やかーに不景気な時代を生きてるじゃん。

だからかわかんないけどさ。

なんていうか、たぶん、豊かさの基準、みたいなのが変わってるんだよね。

お金さえあれば誰でも簡単に手に入るようなもんじゃなくて、もっと違うものを求めてるのかなーって気がする。

具体的になんですかって……、いやそう聞かれても困るんだけど……。ちょっといいこと言ってみたかっただけなんだけど……。あ、ちょっと待って思いついた！　あれかな、時間とか？　自分の時間すごい大事にしてるよね！　わかんないけど！

僕らが若い時は、アメックスでロレックスだったけど、今は有形のステイタスより、無形のプライスレス、みたいな？

あ、これ韻踏んでない？　ラップだよね。ラップDA・YO・NE！　そういえば今、ラップ流行《はや》ってるんでしょ？　ヒプマイでしょ、ヒプマイ。知ってるよ。流行ってんだよね〜。知ってる知ってる。人気だよね〜。

僕も練習しようかなヒップホップ！　だけど難しいから四苦八苦！

……………いや、君、冷めたリアクションすごいな。

うん、はい、そうですね。ごめんなさい、復唱します。

『流行を気にするのは女子高生とおじさんだけ』。

おじさんなのは自分でわかってるけど、若い子から言われると普通に傷つくな……。

……いやいや違うよぉ、うちは娘がいるから、なにか会話のきっかけにならないかなぁって思ってるだけなんだよぉ……。おじさんじゃなくて、パパなだけなんだよぉ……。

娘？　あ、うん。今、十七歳。この四月で高校三年になったよ。

だからかなぁ……。娘と話してると思うんだよ。若者の考えてることがわからないって、おじさんたち側の怠慢だなぁって。

こっちが勝手に年取ったくせに、理解する努力をしてないっていうかさ。

そんな風にふんぞり返ってたら娘に嫌われちゃうじゃん？　だから、少しずつでも歩み寄るようにしないとって思って、そうすると、まぁ君ら若手を悪く言う気にならないよね。

えー？　いやいやそんないいお父さんだなんて、いやいやいやそんな褒《ほ》めてもなんもでないよ？　あ、全然関係ないけどコーヒー飲む？　なんか甘いものとかいる？　リフレッシュボックスからなんかとってこようか？

いらない？　あ、そう……。それより早く帰りたい。なるほど。ですよね。僕もそうです。僕も早く帰って、うちで夕飯食べたいなぁ……。

——じゃ、さくっと片付けて帰りますか。

×　×　×

人がわんさか積み込まれた京葉線に揺られながら、『今から帰るよ~夕ご飯楽しみだな♪』と手短にLINEを送った。あまり端的な文章になりすぎるのもなんなので絵文字顔文字スタンプを使うことも忘れない。

残業終わりでどんより鈍い痛みが居座った肩をぐるりと回して、ケータイをしまう。

いや、今日も長い一日だった。

残業を終え、部下を帰らせ、東京駅の地下深く長い長いコンコースを歩きに歩いて……。

そうして、自宅マンションのある駅まで帰ってくるころには21時を回っていた。

もう長いことこの生活を続けているから、今更苦痛があるわけじゃない。むしろ、最近ではこの帰宅コースが気に入っている。もはや東京駅よりも有楽町の方が近い京葉線ホームへの地下通路だってちょっとしたフィットネス感覚だ。

なんせ、夕飯には手作りスイーツが並ぶのだから、多少はカロリー消費をしておこうという気分になる。

その手作りスイーツ、毎日出てくるわけじゃなく、ふとした時に気まぐれに出るみたいなんだけど、それもまたご褒美《ほうび》感があって、僕は家での夕飯が楽しみになっていた。いや、いつも楽しみなんだけど。

しかし、なんで急に夕食のメニューが一品増えたのか、その謎は解けていない。

きっかけになるようなことがトンと思いつかなかった。役職も給料も変わってないし、積み立てＮＩＳＡも手を付けていない。ｉＤｅＣｏの引き出しはまだまだ先だ。マンションも車も未《いま》だにローンは残っているし、折からの増税や不景気でむしろ家計は厳しくなっている気さえする。もちろん、食うには困らないだけの稼ぎは得ているから、大きな問題があるわけではないけれど。

それにしたって、いきなり一品増えるのは解せない。

これが夏なら、例えば茄子やキュウリあたりのお野菜が豊作で安かったからみたいな理屈で納得はできる。うちの妻なら『たくさん売ってたからぬか漬け始めたの〜。あ、でも、今日は間に合わないから浅漬けね〜』なんてほっこり笑顔でうきうきに言うと思う。あるいは、秋ならサツマイモが安かったと言い出して、炊き込みご飯にプラスして大学芋が小鉢で添えられる……みたいなことはあってもおかしくはない。冬ならデザート代わりにと箱買いされたミカンが無造作に積まれていることだってあるだろう。

けど、手作りスイーツが食卓に並び始めたのは春先からだ。いやいや春が旬の食べ物もたくさんあるし、妻がイオンでたっぷりとっくり何か食材を買い込むことはままあるだろう。

これが季節の食材を使ったものだったら、僕も納得はしやすかったはずだ。普段の買い物ついでに目に留まった食材を活かした料理を作ろうというなら、それは至極《しごく》自然な流れだし。

だが、その春先のとある夕食に出てきたのは桃のフルーツタルトだった。

妙だな、桃が出回る時期は夏のはず……。

と、その時は思ったけれど、手作りお菓子なんて久しぶりだったので、深く考えずにむしゃむしゃ食べてしまった。

新婚の頃は休日にアップルパイが出たりしたものだよ、しみじみ……。もともとそこまで甘いものが得意じゃない僕と甘いものが大好きな妻との落としどころが、ラム酒の効いたソレだったんだよなぁ……。

なんて考えを巡らせつつ、思い出に浸っていると、電車は僕の住む町へと着いていた。

夕飯楽しみだな～と、駅の階段をるんるん気分で駆け下りて、勢いそのまま、愛しの我が家へ足を急がせる。

エントランスを抜けて、エレベーターを降り、玄関へとまっしぐら！

「たっだいまー」

「おかえりなさーい」

玄関を開ければ、廊下の先、リビングのドアがちょっと開き、愛犬サブレを抱いた妻が顔を出して、出迎えてくれた。

×　×　×

残業があると、どうしても家族そろっての夕飯とはなりづらい。ダイエットの悩みを抱える年ごろの娘がいるご家庭であればどこもそうかもしれない。

結果、この時間に食事をするのは僕とサブレだけだ。僕がもっしゃもっしゃと妻の手料理を美味《お》味《い》しくいただいている足元では、サブレがカリカリとドッグフードを食べていた。

美味しいご飯と幸せを噛《か》み締めて、ごちそうさまでした、と手を合わせると、サブレも満足したのか、ふすっと息を吐いて、ソファでくつろぐ妻の元へとてこてこ歩いていく。それを見送るともなく見送って僕は腹のあたりをそっと撫《な》でた。

うむ、八分目と言ったところか。充分に満腹感はあるが、どこか物足りない気もする。

というのも、先ほどからやけにいい匂いがするからだ。香ばしくも甘やかな、どこか懐かしい匂い……。

その香りの元へと視線をやると、キッチンでむむっと難しげな顔をしているエプロン姿の愛娘の姿がある。はてなと首を傾《かし》げるたび、薄く桃色がかった茶髪を緩《ゆる》めにくくったお団子髪が揺れていた。

いつもなら、僕が帰ってくるなり早々に自室へ引っ込むのに、今日は何やらキッチンで奮闘している。妙だな……。普段は台所に立つような子ではないんだけど……。

「結衣《ゆい》、何してるの？」

声をかけると、結衣は僕をガン無視でしゃがみこんだ。そして、上の空な声が返ってくる。

「うん、まぁ、ちょっと」

塩。塩対応です。パパ、そういうのは部下の女子社員で慣れてるぞ！

「お菓子作りよね～？」

僕と結衣《ゆい》のやり取りを見かねてか、妻がフォローのようにそう言った。

はぁ、なるほど。どうやら結衣はオーブンとにらめっこしているらしい。結衣がお菓子作りねぇ……。珍しい。せっかくだから写真撮らなきゃ！　と、僕はいそいそ立ち上がり、キッチンに回ってケータイでぱしゃりと一枚とらせてもらおうと、レンズを向けた。

笑って笑って、はい、チーズ。と、声を掛けようとした矢先。

「…………」

結衣はものすっごい嫌そうな顔して、僕を無言で睨《にら》みつけた。こわぁ……。僕はケータイを床に置き、両手をあげてすごすごとテーブルへと戻る。うん、写真を撮るのは今度にしようかな……、結衣ちゃんのご機嫌がいいときに、ね、うん。

しかし、結衣が自ら料理をするというのはなかなか見られる光景じゃない。妻は料理上手だし、その影響もあるのかなぁ……。なんてぼんやり考えていたら、ティン！　と来た。

「ママ。最近よく出てきてたスイーツって……」

「あ、それ～？　美味《おい》しくなってきたでしょ～？」

妻の声に、結衣がぱっと立ち上がり、キッチンから顔を覗《のぞ》かせる。そして、無言のままに、ちらちらっとこちらを窺《うかが》っていた。ということはやはり、ここ最近スイーツを作っていたのは結衣だったのだろう。じゃあ、僕の返事は決まってる。

「美味《うま》い、美味すぎる、風が語りかけます……」

「だって～、良かったわね～、結衣」

「うん。ていうかパパに作ってるわけじゃないけど。……別にただの練習だし？」

結衣は気のない素振りでぷいっと顔を逸《そ》らしたが、それでも横顔はふふっと満足げに微笑《ほほえ》んでいる。

「そうかぁ……。結衣だったのか、いつもスイーツを作ってくれていたのは」

今まで料理らしいことをしている姿を見たことがなかった結衣が……。知らないうちに娘は大きくなるものだなぁ。感動のあまり、ごんぎつね終盤の兵十《ひょうじゅう》みたいになってしまう。

んもー！　そういうことは先に言ってよ～！　ケータイケータイ！　ケータイどこ置いたっけ!?　ママ、僕のケータイ知らない!?　結衣が作ってくれたお菓子、写真に撮らなきゃ！　まぁ、もうはるか昔に食べちゃってるんですけどネ！

しかし、これでようやく春期限定桃のフルーツタルト事件の謎が解けた。

「なるほどなぁ……。結衣、桃好きだもんね」

「え、あ、うん、好きだけど、急に何……」

「いや、ほら。春先に初めて夕食に桃のタルトが出たでしょ。あれも結衣が作ったんだなーと思ってさ。結衣《ゆい》は昔から桃が好きだったからなぁ……。風邪をひくたびに、冷やした桃を剝《む》いてね……」

「そうね～、そうだったわ～。治ってからもしばらくはぺったりくっついて、家の中をずっとついてきたのよね～。それがこんなに立派になって～」

僕が遠い目をしながらしみじみと言うと、妻もそれにのっかり目元に手をやって、くすんくすん言い始める。傍《はた》から見れば冗談みたいな茶番だし、僕らも当然そのつもりでおどけているけれど、それでも、存外そこそこ大マジだったりする。

そうした記憶もあって、桃は結衣にとって優しさや愛情の象徴になっているのかもしれない。いやー、ただ単純に好きなだけって可能性もかなりあるけど。でも、そういう風に考えたほうがパパ的には心温まるよネ！

けれど、当の本人からしたら、幼き日の思い出を勝手に掘り起こされちゃたまらないだろう。結衣はちょっとばかし恥ずかしそうに、お団子髪をくしくし弄《いじ》っていた。

「あ、あたし、そんな風邪ひいてたかな……」

「夏場はよくひいてた印象だなぁ。馬鹿は風邪ひかないっていうけど、やっぱりあれだね、うちの子賢いから」

びしっとサムズアップし、ダンディズム溢《あふ》れる微笑《ほほえ》みで言うと、結衣はしらっとした目で僕を見る。あまりの冷たさにこっちが風邪をひくかと思ったぜ……。ぶるっと身震《みぶる》いすると、それが感染したのか、今度は妻がふふっと身を震わせた。

「夏風邪は〜……うふふ♪」

何か思いついたように言いかけたが、その先の言葉をいけないいけないと飲み込んで、楽しそうに笑う。それがあんまりにも意味ありげだったせいで、結衣が怪訝《けげん》な顔をした。

「……え、なに？」

「なんでもなーい」

「絶対なんか言いかけてたから！」

なになんなのと結衣がキッチンから詰め寄ってくると、妻はなんでもなーいとソファの上を転がって逃げ回る。次第に、二人はソファの上でわちゃわちゃじゃれ合い始めた。

ソファに倒れこむ妻と、その腰に手を回してしなだれかかる結衣。

その姿は、ずいぶんと昔、病み上がりの結衣が妻に甘える仕草によく似ていた。今でもよく覚えている。超可愛《かわい》かったから写真撮っちゃったもんね。そんな日常の些細《ささい》な光景もできる限り、収めようと思った結果、由比《ゆい》ヶ浜《がはま》家のアルバムはとんでもない量になっている。別にカメラが趣味というわけでもないが、妻と結衣を可愛く撮らせたらたぶん僕が世界で一番うまい自信がある。

それだけに、結衣渾身《こんしん》のフルーツタルトを写真に収めることができなかったのは、返す返すも口惜しい。

「あの、桃を使ったタルト、写真撮っておけばよかったなぁ……」

「大丈夫よ〜。ちゃんと撮ってあるから〜」

マジで？　やったぜ。さすがは由比ヶ浜《ゆいがはま》家のママ。さすガハママだネ！　と、僕は手招かれるまま、ソファへと移動する。

「えー、撮ってたの？　あれ、あんま綺麗《きれい》じゃないからなんか恥ずかしいんだけど……」

妻を真ん中に挟んで、三人並び、顔を突っつき合わせるようにしてケータイの画面を覗《のぞ》き込んだ。結衣《ゆい》の口ぶりはだいぶご不満そうだが、実際に写真を見てみるとなかなかどうして、フルーツタルトは綺麗に盛り付けられている。

タルト生地は市販のもののようだけれど、クリームチーズは均一になるようにならしてあり、桃をはじめとした彩《いろど》り鮮やかなフルーツは主張しすぎないよう配慮したのか、載せる数を絞って細やかに並べられている。ナパージュもリップグロスのように艶《つや》めいていた。

「いやいや綺麗にできてるよ。ほら、これとか丁寧《ていねい》ないい仕事……」

言いながら、ふと春先に食べたタルトを思い出す。

……いや、待てよ？　僕が食べたのはもっと歪《いびつ》なやつだった気がする。そう、ちょうどこの右側に置かれているでろんと桃がこぼれて、クリームチーズは枯山水のごとく波うち、タルト生地の縁が欠けたやつみたいな。

思い返してみれば、あの時食べたタルトは盛り付け方が印象派を意識した前衛的でオシャレなものだったし、てかてかしたナパージュは塗りがちょっと大胆であり、面白い舌触りになっていた。端的に言って、手作り感を強く主張した意欲的な作品だったと記憶している。ええ、なにこれ記憶の改ざん？　怖い……。もしかして姑獲鳥《うぶめ》の夏状態なのでは……。

なんて僕が恐怖に震《ふる》えていると、同じようにぷるぷる震えているものが視界に入ってくる。見れば、結衣の指先だった。結衣は恥ずかしそうに頰《ほお》を染め、気まずげに肩を竦《すく》めながら、僕が見ていたでろんとしたタルトを指す。

「……あたしが作ったの、そっちじゃなくて、こっち」

「そ、そっかぁ！　いや、これも綺麗で素敵だし、味は最高だもんネ！　……じゃあ、そっちはママがお手本に作ったやつかな？」

僕が全力で誤魔化しながら、先ほど褒《ほ》めたたえたタルトについて聞くと、結衣の震えはピタッと止まった。ついでに、ケータイの画面を指差していた手はさっと頭のお団子へと伸びる。

「あー……、えっと、うん、まぁ、そういうのもあるはある、かなぁ」

「そうそう、たぶんそうね～」

結衣は頭の上でくくったお団子髪をくしくしと弄《いじ》り、ぎぎぎっと音がしそうなほどにぎこちなく首を動かして、あらぬ方向を見ている。妻は後ろでまとめたお団子髪をさらりと撫《な》でて、おっとりにっこり微笑《ほほえ》んでいるが、あまりにも微笑みすぎて目はすーっと細められて瞳の奥がまったく見通せなかった。

この反応、明らかに妻が作ったやつではない……。

いや、僕も思ってたんですよ！

よくよく見れば、妻が作ったにしては彩《いろど》りが足りていない気がする。結衣《ゆい》が作るものは逆に彩りが足りすぎているんだけど、写真に写った例のブツは妙に気取ってしゃらくさい。

センスがないデザイナーに限って、『シンプルイズベストかなと思って』などと抜かして、型にはまった手抜きデザインを上げてくるアレに似ている。シンプルさにこそセンスが求められるんだと何度言ったことかわからない。

件《くだん》のタルトは、全体的には小器用に纏《まと》まっているが、その実、『張り切りすぎるのもカッコ悪いな……』みたいな斜に構えたスタンスが見え隠れしている。そのくせ、『不格好なのは恥ずかしいな……』という自尊心や羞恥心《しゅうち》、あるいは虚栄心がはみ出しており、『はっちゃけかたがわからん……』というノリの悪さが見て取れる。なんだこれは、うちの若手の仕事か。

さてはこの若造、部長を舐《な》めているな？

だが、僕はそれなりにそこそこできる上司で通っている。こうした時の対応も無論習得済みだ。弊社は若手を褒《ほ》めて伸ばす方針です！

「いいネ！　このお手本、さすが！　いいじゃない！　優しさを感じるっていうか、真面目そうな人柄が見て取れるよネ！　パパ、こういうの好きだよ！」

どこの誰が作ったものかは知らないが、とりあえず手当たり次第に褒めると、どこか遠くを見つめていた結衣の顔が徐々にこちらへ向き始める。

人は褒められると、つい口が軽くなるものだ。そして、あまりに褒め殺すと、謙遜《けんそん》も入ってきて細かなミスを自供し始める。ふふふ、伊達に社内政治を生き残ってはおらんのだよ。

果たして、結衣はお団子髪をくしくししながらもじもじ照れ照れ話し始めた。

「そ、そかな……。そんなことないと思うけど……。真面目っていうか、頑固っていうか……、優しいは優しいけど……」

「そうね～、真心こもってていいと思う～。ママも好きだな～」

「そ、そう？ そうかな……、そうかも。うん、フルーツの色合いとかはあんま綺麗《きれい》じゃないっていうか、なんか地味だけど、一生懸命って感じはするかも……」

「そうそう！ いいよね！ 誰が作ったの？」

えへへ……と、どこか照れくさそうに話す結衣に、僕はにっこりスマイルで相槌《あいづち》を打ちながら、ごく自然な感じを装《よそお》って、何の気なさそうに問いかける。すると、それまで順調にしゃべっていた結衣がうぐっと言葉に詰まった。そして、またしてもぎぎっと顔を逸《そ》らす。

「と、友達……」

ダウト――――！！！！

その誤魔化し方、ただの友達じゃないですね、これ……。

詳しく聞くべきか否か、僕が躊躇《ちゅうちょ》していると、妻が「そうね～、まだお友達かも～」などと聞き捨てならないことを言いながらくすくす笑う。

「あっ、そろそろ焼きあがったかも！」

わざとらしく言うや、結衣《ゆい》はぱっとソファから立ち上がり、ぱたぱたキッチンの方へ逃げていった。僕は聞くタイミングを完全に逃してしまい、ポカーンとしていることしかできない。

そうこうしているうちに、結衣がトレイを抱えて、またぱたぱたと戻ってくる。

「はい、味見してみて」

言って差し出されたのは焼き立てのパイだった。見た目は少々武骨だが、不思議と既視感がある。どこか懐かしい……と、見ていてはたと気づく。妻が作るアップルパイとよく似ている。どうやらそのレシピを結衣なりにアレンジしたものらしい。

だが、香りが少々違っている。よくよく見れば、中身もリンゴではないようだ。網目から覗《のぞ》く果肉は柔らかそうで、切り分けられた端からとろりと零《こぼ》れ落ちる。

これ、なんだろうなーと思いつつ、1ピースをひょいぱくっといただくことにした。ぱりぱりさくさくの香ばしいパイ生地が口の中でほろりと崩れると、その拍子に、じゅわっと瑞々しい桃の香りととろけるような甘みが広がった。なるほど、ピーチパイか。それも妻のレシピ同様に、ラム酒が効いている。

「……ど、どう？」

「美味《おい》しい。結衣が作るものはなんでも美味しい」

結衣の不安げな眼差《まなざ》しに僕はぴっと親指を立てて答えた。だが、それは求められていた回答ではなかったようで、結衣は深々とため息を吐《つ》く。

「そういうことじゃなくて……。男の人的に、こういう味、どうかなって思ったんだけど」

「うーん……、これももちろん美味しいし、大好きだけど、パパはもう少しすっきりしているほうが好みかな」

「いや、パパの好みは聞いてないし」

結衣はないないとばかりにぶんぶん手を横に振る。

うーん、またしても塩。塩対応です。でも、パパ、二十歳以上年の離れた新入社員にもそういう反応されることあるから慣れてるぞ！

しかし、さすがにかわいそうに思ったのか、妻が苦笑交じりにフォローしてくれた。

「ん～。パパは甘党じゃないから～」

ははは、甘いのはこの暮らしだけで充分だからネ！　見て。うちの奥さんと娘、超美人で可愛《かわい》すぎません？　そして聞いて。僕にすげなくするときのクールな声とかパパと呼んでくれる時の甘い響き、最高では？　何より、なんだかんだ言いながら僕にお菓子作ってくれるし、意見を求めて頼りにしてくれるわけですよ。こんな暮らししてたら、甘党になりようがないと思いません？

なんて、思っていたら、ふむふむ考え込んでいた結衣がぱっと顔を上げる。

「そっかぁ……。甘党じゃないと参考にならないかも……。じゃあ、パパはもういいや」

僕はあっさり切り捨てられていた。うーん……、さすがのパパもまだ会社に切り捨てられたことはないから、どんな反応していいか、ちょっと困るぞ。

戸惑う僕をよそに、結衣《ゆい》はぱたぱたキッチンへ駆けていくと、今度はお皿を手に戻ってきた。

「これ、さっき作ったやつ。こっちは甘くないから。……まぁ、試しに作っただけだからちょっとアレだけど」

言って、差し出されたのはクッキーだった。

星やハートに、丸、三角、四角と形こそバラエティに富んでいるが、トッピングやアイシングの類《たぐ》いはない、至ってシンプルな薄焼きのクッキーだ。ローテーブルに置かれたお皿と結衣とを僕がまじまじ見ていると、それが恥ずかしかったのか、結衣はさっとソファに沈み込み、妻の背中に隠れてしまった。

そして、妻の肩越しにちらと視線をやって、ぽしょぽしょと口の中だけで言葉を紡《つむ》ぐ。

「……ちゃんとしたのは、また今度作ったげる」

は？　この子、何言っちゃってんの？　可愛《かわい》すぎません？

「い、いいの？　パパ用に？　わざわざ甘さをパパ用にした結衣の手作りお菓子を？　パパに？　ほ、本当にいいの？」

僕が感動のあまり、おいおい声を上げて咽び泣いていると、結衣はくしくしとお団子髪を弄《いじ》って、ふいっと顔を逸《そ》らした。

「別にいいけど。……これも練習だし。ていうか、そういうのいいから早く食べて」

誤魔化し交じりに不機嫌そうにぷくっと頬《ほお》を膨《ふく》らませると、ずいっとぶっきらぼうにお皿を突き出した。僕はそれを押し頂き、妻にさっと振り返る。

「ママ、うち神棚あったっけ？　ないか。ないな。作る？　今から作る？　そして捧げる？」

「お仏壇でもいいのかしら～……。あ、でもお線香の匂いが気になるかも～」

「いいから早く」

半眼で僕らを見る結衣の声音《こわね》には若干の苛立《いらだ》ちが混ざっている。急《せ》き立てられて、僕は慌てて クッキーを口に運んだ。

嚙《か》んだ瞬間、クッキーはほろほろと崩れ、ほんのりとした甘さが広がっていく。溶けていくような食感が心地よく、甘さが控えめだからついつい二枚、三枚と手が進んだ。

「うん、これ美味《おい》しいね。僕、好きなやつだ」

さして甘いものを食べない僕だが、このクッキーに関しては親のひいき目なしに美味しいと、好きだと言える。漏れ出た正直な感想に、結衣はほっと胸をなでおろし、口元を綻《ほころ》ばせた。

「だいじょぶそう。じゃあ、はい、サブレも」

そういって、結衣は僕の目の前に置かれたお皿からひょいひょいとクッキーをつまみ上げ、足元で寝ているサブレの前に差し出した。

ん？　ん？　と僕がつまんでいるものと、跳ね起きたサブレがかりかり食べているものとを見比べてみるが、やはり何度見てもまったく同じクッキーだ。

「えぇ……、サブレと同じ扱い……。ということは、あれかな、パパは……、サブレ並みにめっちゃ愛されている……？」

「パパのポジティブなところ素敵～」

妻がぱちぱちと拍手を送ってくれる。ふふっ、そうだろ？　僕はこういうノリの良さだけで部長という地位についているからネ！　とはいうものの、若干気がかりな点がないではない。

「ていうか、これってサブレにあげて大丈夫なやつ？」

「もちろん～。ちゃんと調べたの～。おからで作るとヘルシーでいいんですって～」

聞くと、妻はケータイをぽちぽち弄《いじ》って、参考にしたらしいサイトを見せてくれる。そこにはしっかり『手作り犬用クッキー』と書かれていた。うーん、見れば見るほど犬メイン……。

まぁ、人と犬とが一緒に楽しめるというコンセプトで作られているんだろう。だったら、僕が食べても問題はないはずだ。僕とサブレが争うようにうまいうまいと言いながら、あるいはわふわふ言いながらサクサク食べていると、妻がふふっと楽しげに笑う。

「よかった～。これなら食べてもらえそうね～」

「マ、ママ、そういうの言わなくていいから……」

頰《ほお》に手をやり、満面の笑《え》みを浮かべている妻と、それを慌てて制する結衣《ゆい》。

確かに、このクッキーは僕にもサブレにも大好評だ。他の人にだって食べてもらえることだろう。妻の言うことはまったくもって正しい。

でも、誰に食べてもらうつもりでいるんですかね……。妻の口ぶりと結衣の慌てぶりから察するに、明らかに僕じゃあないよなぁ……。どう考えても、僕を人数に含んでいないトーン！　仕事終わりに部下たちが飲みに行く話をしているときと同じ空気を感じるぞ！

こういう時、部長職がとる対応はだいたい三パターンに集約される。

パターンその1、聞かない振りをする。これはもっともスタンダードな対応だ。

パターンその2、『お前ら仕事に響かないようにほどほどにな～』なんて一声かけて理解あるおじさんを演じる。最低限のコミュニケーションをとるつもりならこれがベストだろう。

パターンその3、咳払《せきばら》いや独り言で聞こえているアピールをしながら『僕も声を掛けられちゃうのかドキドキ』と誘われ待ちをする。これが一番いけない。誘われても誘われなくても、後々になって、『部長の誘ってアピールやばかったな……』『それな。こっちちらちら見てたし』『あの人いると酒まずくなるんだよなー』『せめて奢《おご》ってくれればいいんだけど』『金貰っておっさんの話聞かされるとかそれなんてキャバクラ？』と悪口大会が始まり、酒の肴にされる可能性が高い。こうなると、部下に嫌われるのも上司の仕事！　と自分を騙《だま》す羽目になる。

しかし、この由比ヶ浜《ゆいがはま》部長を舐《な》めてもらっては困る。

「いいねぇ！　それいい！　あ、ドッグランとか行く？　パパ、車出すよ！　ついでにアウトレットで買い物しよう！　帰りに温泉もありだな！」

豊富な資金力を背景に、競合他社にはないであろうメリットを提示するプレゼン！　あえてテンションを上げて前のめりに行くことで、フランクさを演出だ！　冗談っぽいノリで話に入っていけば『いや部長は誘ってませんから』と断れても『たはー！　誘われてなかったかー！』と、おでこをぺちーんと叩《たた》き、ガハハ笑いで誤魔化せる。その場の笑い話で済ませることができる高等テクニックだ！

さぁ、どうだ、パパが長年培ってきたガハハおじさんプレゼン術は……と、結衣《ゆい》の反応を窺《うかが》うと、結衣は真顔でドン引きしていた。

「いや、パパとは行かないし……」

たはー！　パパとは行かないかー！　ガハハと笑っておでこを叩こうとした。だが、その手をはしっと、妻に掴《つか》まれてしまう。そのままぐいっと引っ張られ、耳元でひそっと囁《ささや》かれる。

「そうよ～。デートの邪魔しちゃ、だぁめっ」

甘い香りと艶《つや》めく吐息でもって、聞き捨てならないことを言われた。

衝撃のあまり、まったく声がでなかったので、どういうこと!?　と視線だけで問うと、妻はしかつめらしい顔でぴっと指を立て、めっと僕を窘《たしな》めてくる。ははは、僕の妻可愛《かわい》すぎませんか？　あまりの可愛さに、うっかり誤魔化されてしまいそうですよ。で、デートって何。どういうことです？

僕は口をぱくぱくさせながら、答えを求めて、視線をさまよわせる。すると、しゃがみこんでサブレを撫《な》でながら、ぽつりと呟《つぶや》く結衣の姿が視界に入った。

「やっぱ難しいね、お菓子作り。どういう味がいいか、わかんなくなるし」

その表情は悩んでいるようにも、楽しんでいるようにも、あるいは恋焦《こ》がれているようにも取れる、ほんのりとした微笑《ほほえ》みだった。

ああ、そうか。と、それだけを思う。

もっとたくさんいろんな感情を抱くと想像していたし、僕も冷静ではいられないだろうと危《き》惧《ぐ》していたのに。なのに、根掘り葉掘り聞きだす気も、頭っから大反対をする気も、どこかのそいつを殴りに行く気も、冗談めかしてからかう気もまるで起きやしなかった。

そんな悲しげで、穏やかな、幸せそうな優しい微笑みを見てしまったら、何も言えない。

――そうか。君は本当に、本物の恋をしたんだね。

僕は決して声に出さず、ただ、しくしくと痛む胸の内だけで呟いた。洟をすすりそうになるのを誤魔化して、鼻から大きく息を吸うと、とろけるくらいに甘くて香ばしいピーチパイの残り香で僕の胸はいっぱいになってしまった。

なんてことないいつもの夜、僕らが毎日を過ごすリビング、家族が並んで座るファブリックのソファ。

こんな当たり前すぎる日常に、涙をこぼすのはもったいなくて、僕は間接照明が淡く滲《にじ》む天

 いつか、その甘さを好きになることができる気がする。

丼を見つめた。それはいつかもっと先、晴れの場にとっておこう。

誰にもばれないように、湿っぽいため息をゆっくりゆっくり吐き出すと、そっと傍《かたわ》らに重みを感じた。見なくても、腕に触れる体温で、妻が僕に体を預けたのだとわかる。

「ゆっくり焦《あせ》らずにやればいいの。食べてほしい人、喜んでほしい人のことを思って作るうちに、ちゃんと結衣《ゆい》の味になるから。そうやって、ちょうどいいのを作っていくのも、お菓子作りの楽しいところよ」

妻は静かな声音《こわね》で娘へと語り掛けた。いつもの優しく甘やかな口調ではなく、大切な秘密の呪文《じゅもん》を伝えるような真剣さがそこにはある。

「う～ん、けど、それが難しい……」

えへへと結衣は困ったように笑うと、お団子髪をくしゃりと撫《な》でた。柔らかな笑《え》みには嬉しいとか恥ずかしいとか照れくさいとか、そんな可愛《かわい》らしい色合いだけではなくて、胸を締め付けるような悲しさと悔しさが滲《にじ》んでいる。

その遣る瀬無さには妻も気づいたのだろう。小さな吐息を漏らすと、ふわりとした微笑を浮かべて、そうね～と、またいつものほんわかとした声を出す。

「パパは甘いの得意じゃないっていうけど、うちのアップルパイは好きでしょう～？」

「あ、うん。そういえばそうかも。ママのアップルパイ、甘いのに」

「えっ」

……ちょっと待って？　僕、甘いのはあんまり得意じゃないから、由比《ゆい》ヶ浜《がはま》家独自のラム酒が効いた甘さ控えめアップルパイの味を妻と二人で作ってきたはずなんですけど？　甘いもの好きな結衣が言うほど、甘くはないはずなんだが……。

と、僕が訝《いぶか》しんでいると、妻が僕の肩に頭を預け、ふふっといたずらに成功した子供のような楽しげな笑みを浮かべる。

「だから、ゆっくり焦らずに、が大事なの〜。バレないくらい少しずつ少しずつだんだん甘くしていくの〜」

「なるほど……」

なんて、結衣は納得してますけれども。

「……それ、毒耐性のつけ方じゃない？　忍者の修業かな？」

僕は苦笑交じりにそう言って、サブレと一緒にクッキーを齧《かじ》った。

このクッキーも、あのピーチパイも、いずれは味が変わっていくのかもしれない。

そうして、いつか、結衣なりの味ができるのだと思う。

甘党な誰かのことを想って、ゆっくり焦らず、時間をかけて、少しずつ少しずつ、だんだんと、一緒に作っていくのだろう。

それはきっととびっきりに甘いに違いない。けれど、僕にはちょっぴり苦そうで……。

——今はまだ、その甘さを好きになれそうにない。

早々に仕事を切り上げて、会社を後にした。

残業も、部下とのおしゃべりも全部明日へうっちゃって、僕は東京駅の長い長いコンコースを急ぎ足で歩いていく。

×　×　×

いつもよりだいぶ早い時間だからか、京葉線はまだ混雑していない。扉のそばに立っていると、ディスティニーランドの夜景が窓を流れていった。

昔は三人でよく行ったなぁ……。

まだマンションを買う前、家族で暮らすにはやや手狭な団地住まいで、三人で肩を寄せ合って暮らしていたっけな。妻がコツコツやりくりしながら、目標の貯金額に到達すると、お祝いしようなんて言って遊びに行ったもんだ。

そのうち僕も稼げるようになって、引っ越して、念願だった犬を飼って、たまの家族旅行も行って、けれど、家族でディスティニーに行かなくなったのはいつからだったろう。小学校高学年くらいには、あの子は友達と行くようになっていたんだったかな。

そうやって少しずつ、娘と過ごす時間は減っていき、ふとした時に、僕が知らない娘の姿に驚くんだろう。

風邪をひくことも少なくなって、髪を染めておしゃれをして、お菓子作りをするようになって、恋をして、そして……。

ふぅっと、哀愁の混じったため息を吐《つ》いてから、僕はケータイを取り出す。

遅くなるかも。と、そんな連絡を入れて、僕は二つ手前の駅で降りた。

妻の手料理も娘の手作りお菓子も大好きで、いつも楽しみにしているのだけれど、さすがに昨日の今日ではまっすぐ帰る気になれなかった。

一杯ぐらい飲んで帰ろう。

しかし、立ち飲みや居酒屋、という気分でもない。

どこかちょうどいい店はないだろうかと、ふらふらとあてもなく歩くうちに、お高めなホテルが立ち並ぶエリアへとやってきていた。

一人、静かに飲むのなら、ホテルのバーというのもいいかもしれない。そんな思い付きで、僕は一番近くにあったホテルへ飛び込み、エレベーターのボタンを押した。

ついた先は最上階。蠟燭の灯《あか》りのように、優しく穏やかな光が淡く照らす落ち着いたバーラウンジが広がっている。ちらほらと他のお客の姿もあるが、総じて品が良く、静かな時間を楽しんでいるようだった。

薄く響くジャズピアノを聞くともなく聞きながら、フロアの端、こじんまりとした一角にあるバーカウンターへ腰かける。

僕の他に客は数人だ。

二つほど離れた椅子《いす》に座っている細身の男性は文庫本を片手にロックグラスをゆっくりと呷《あお》っていた。その余裕ある佇《たたず》まいにはそこはかとなくエグゼクティブな雰囲気が漂っている。ただ、オールバックで流した髪から時折、前髪が一本すだれのように降りて、それをかきあげる仕草がちょっと荒っぽく、遠い昔にやんちゃであった名残《なごり》を感じさせた。

その逆側、僕から一つ空けた席には無精髭《ひげ》にサングラス、無造作に跳ね回る長めの黒髪に緩《ゆる》くパーマを当てたうさん臭げな男がいる。こちらはハイボールを勢いよく飲み干すと、マッカランを指さして、「ロックで」とオーダーしている。次が来るまでの間、ピーナッツを美味《うま》そうに食べては、鼻歌交じりでタブレットを弄《いじ》っていた。

年の頃はわかりづらいが、二人とも、おそらく僕とそう変わらない年齢だろう。

雑音のない、大人の時間が流れていた。

こんな日は甘くない酒がいい。

僕はラフロイグクォーターカスクをストレートで頼み、ちびりちびりと舐《な》めるように飲み始めた。スモーキーで苦み走った独特の風味に満足した吐息を漏らすと、不意に爽《さわ》やかなハーブのような香りが鼻を抜けていく。

うまい……。しみじみ呟《つぶや》くと、胸に痞《つか》えていたものが溶けだして行くようだった。

だからかもしれない、誰とも知らないバーメイドについ話しかけてしまったのは。

「娘に、彼氏ができるかもしれないんだよね……」

ぽつりと、小さな声で僕が言うと、それまでグラスを磨いていたバーメイドの動きが止まる。薄く漏らした吐息には戸惑いが見て取れた。どうやら話しかけられているのか、独り言なのか判じかねているようだ。

「そういう時、父親はどうすればいいのかなぁ……。ねぇ？」

「は、はぁ……。ど、どうでしょう……。み、見守ってあげるのがいいかと……」

青みがかった黒髪のバーメイドは困惑しきった様子でどうにかこうにかそう言った。パッと見た感じ、うちの娘よりちょっと年上のようだ。二十歳くらいだろうか。

若い女の子を困らせてしまうのはおじさんとして許されざることだ。僕はヘラっと笑って誤魔化すことにした。

「だよねぇ。ごめんね、変なこと聞いちゃって」

「いえ……」

バーメイドは微苦笑を浮かべると、小さくお辞儀《じぎ》して、またグラスを磨き始めた。悪いことしちゃったな……。気まずさをやりすごすように、僕はまたちびちびグラスを呷る。

もう一杯くらい飲もうかと、空になったグラスを見つめていると、不意にコースターが差し入れられた。

「どうぞ。ゴッドファーザーです」

その声に顔を上げると、ことりとロックグラスが置かれる。琥珀色の液体に四角い氷が浮いていた。頼んでないけど？　と、首を傾《かし》げると、バーメイドはそっと僕の右側を指し示す。

「あ、あちらのお客様から……、です……」

バーメイドは暗がりの中でもわかるくらい顔を赤くしながら言った。まぁ、そうか。そんなコテコテの台詞《せりふ》、実際口にするのはちょっと照れが入るよね。それでもちゃんと言ってくれたプロ意識に敬意を表し、僕は礼を言ってグラスを手にした。

そして、あちらのお客様とやらの方を見やる。

僕から二つは慣れた席に座っていたオールバック氏が前髪を軽くかきあげ、会釈《えしゃく》をしてきた。

「失礼。ちょっと話が聞こえてしまって。よろしければ召し上がってください。一杯ご馳走したい気分だったんです」

理知的な面立ちは冷たい印象が強かったが、ふっと困ったように破顔すると、存外幼く見えた。

こうした事態は今まで直面したことがないが、献杯はありがたく頂戴するのが礼儀だろう。

僕は一つ席を詰めると、グラスを軽く掲げて見せた。

「ありがとうございます。遠慮なくいただきます」

オールバック氏は僕に笑顔で頷《うなず》きを返し、こちらに一つ席を詰める。が、その表情が不意に沈んだ。

「私も娘に言われましてね……、会ってもらいたい人がいるって……」

いつか、その甘さを好きになることができる気がする。

「……それはちょっと堪《こた》えますね」

実際、僕が言われたらどう反応していいかわからない。娘に彼氏がいるのかどうかさえ、怖くて確認することができないのだから。

どうやらオールバック氏は父親として僕より先のステージにいるらしい。偉大なる先輩に、僕も敬意を表すべきだろう。

「こちらに同じものを」

程なくして、オールバック氏の前にロックグラスがやってくる。僕たちは苦笑交じりにグラスを手にし、こつんと軽くぶつけて乾杯した。

一口飲むと、アーモンドを思わせる香ばしさが立ち上がり、次第に杏仁豆腐にも似た甘い香りが広がる。ウイスキーとアマレットをステアしただけの作り方はシンプルだが、それだけに重厚感のある飲み口だ。

「堪える、というか……、なんでしょうね。寂しいというのも少し違うし。娘の成長や、幸福は素直に嬉しいんですが……」

「あー……、確かになんて言えばいいか、難しいですよね。晴れやかなモヤモヤ……みたいな」

「ええ、そんな感じです」

オールバック氏は苦笑し、グラスをゆっくり傾ける。

「……先ほど、バーメイドのお嬢さんが言ってらしたように、私たち父親にできることは見守ることなんでしょうね」

「ですねぇ……。僕らは応援することしかできないのかもなぁ……」

恋愛は理屈じゃない。あるいは夢だってそうだろう。僕らがどんなに口を酸っぱくして言い募《つの》っても、娘の想いは彼女一人のものであって、簡単に変えられるものじゃない。

いや、誰かが変えていいものじゃないんだ。仮に、他の誰かが娘の想いを踏みにじろうとしたならば、僕はそれを決して許しはしないだろう。

だから、僕らは見守って、応援して、いつでも帰ってこられる場所として存在することしかできない。

僕の口からこぼれ出たのは半ば独り言めいた呟《つぶや》きだった。

けれど、それに反応した声がある。

「いやぁ、違うなぁ……。そのやり方はまちがっている」

不意に返ってきたのは、少しガラついた声音《こわね》。オールバック氏の落ち着いた話し方とは違い、けだるげで覇気というものが感じられなかった。

思わず、そちらを見やると、髭《ひげ》面氏ががりっとピーナッツをかみ砕いているところだった。

「……父親がするべきことは見守ることでも、応援することでもないでしょ。父親ってのは立ちはだかるべきだ。そのためにありとあらゆる策をたてるもんですよ」

言って、にやりと、皮肉げに片頬《ほお》を吊り上げる。髭面氏がひとしきり持論らしきものを一席

 いつか、その甘さを好きになることができる気がする。

ぶつと、またカウンターは静かになった。

これは僕に話しかけているのかな……。不安になって傍《かたわ》らを見ると、オールバック氏はさぁ？と言わんばかりに肩を竦《すく》める。バーメイドを見れば、彼女は一心不乱にグラスを磨いていた。

……なるほど。僕か、僕しかいないな。僕が話を聞くしかなさそうだな。

「あの、策を立てるって具体的には……」

おずおずと話しかけると、髭面氏はよくぞ聞いてくれましたといわんばかりに、ごふんごふんと咳払《せきばら》いする。そして、わしゃりと顎《あご》髭を撫《な》でると、ドヤ顔で口を開いた。

「まず長男を用意します」

「初手でつまずいたなぁ……。うち一人娘なんですけど……」

「あ、そう……。監視やガードを任せるのには長男が一番安心できるんだが……。じゃあ、しょうがない。切り替えていきましょう」

髭面氏はうーんと考えこんでいたが、はたと手を打つ。

「とりあえず、俺は絶対に認めんぞ！　って一生わめいとけばいいんじゃないですかね？　知らんけど」

「無策にもほどがある……」

傍《はた》で聞いていたオールバック氏が絶句していた。僕も呆気《あっけ》に取られていたが、はっと我《われ》に返って、髭面氏との対話を試みる。死ぬほど雑でクソほど暴論だけど、心情的には彼の言うこととも理解できなくはないのが困ったところだ。

「いや、あの、そうは言ってもね、娘の気持ちとかもあるわけで……」

「父親にだって気持ちはあるでしょうが！」

「いやすごい真面目な顔で屁理屈言うなこの人……。ま、まぁ確かに父親にも気持ちはあるけれども……」

そんな『北の国から』でラーメン下げられた時の田中邦衛《たなかくにえ》みたいなノリで言われたら納得しちゃいそうになるじゃん……。僕が気圧《けお》されていると、それを好機と見たか、髭《ひげ》面氏はなおも畳みかけてくる。

「俺が反対したくらいで諦めるなら所詮はその程度。どうしたってうまくいくはずがないんだ。だったら、何はなくともとりあえず全否定して、めいっぱい反対してやるのが親心ってもんでしょう」

「それ、うちの会社ならパワハラだけどネ！」

「へーきへーき、うちの会社ならギリギリセーフどころか、それが新人研修まである」

ガハハ！　と髭面氏は軽いノリで笑った。大丈夫かこの人、まともな会社勤めじゃなさそうだ。うちだとコンプラ一発アウトで、人事部に設けられた相談室に匿名でメール書かれちゃうよ……。しまった、この人、さてはやばい人だ……と、少し距離をとろうと体をのけぞらせると、僕の肩口からオールバック氏が顔を覗《のぞ》かせる。

「……なるほど、一理ありそうだ」

いやなんでこの人、前のめりになってるの。それまで髭面氏の言うことをほとんど聞き流していたのに、今や腕を組んでうんうん頷《うなず》いている。ははぁん、さてはこの人も、まともな会員じゃないな？　道理で妙にインテリヤクザ感あると思ったんだよ～。

僕が恐れおののいていると、髭面氏はガハハ笑いを収め、ふっと遠い目をした。いやまぁサングラスしてるから全然わかんないけど。

「娘の幸せのためなら、どれだけ嫌われようと構わない。それが父親ってもんじゃないですか。それに、障害が大きければ大きいほど、燃えるでしょ？　あがいて悩んで苦しんで、その分だけ本気になる……」

ロックグラスをくるりくるりと回しながら、琥珀色の液体を見つめる髭面氏の語り口は、先程とは打って変わって優しげなものになっている。

髭面氏はロックグラスをぐいと呷《あお》り、カランと氷を鳴らした。

「……俺たちだってそうだったじゃないですか。知らんけど」

にぃっと片頬《ほお》吊った皮肉げな笑《え》みだけど、その言葉に嫌味はなく、いっそ親しみが滲《にじ》んでいる。初めて顔を合わせたくせに、昔の思い出を語り合ってるみたいだ。

そのせいで、ふと思い出す。

真夜中に長電話をしているとき、電話口のはるか遠くから聞こえてきた不機嫌そうな声。

家まで送ったとき、別れがたくて玄関先で話し込んでいると、やたらと出入りをする仏頂面。改めて挨拶《あいさつ》をしに行ったとき、顔合わせが済むやいなや、早々に立ち去ってしまった後ろ姿。今では孫にダダ甘デレデレの好々爺だが、確かにあの時、『娘の父親』は僕にとって、壁として立ちはだかっていたのだ。

そんな記憶がよぎったのは僕だけではなかったのだろう。傍《かたわ》らではオールバック氏も笑《え》みを漏らしていた。僕とオールバック氏は思わず顔を見合わせ、苦笑する。

「あちらの方に」

「同じものを」

僕らは声をそろえて、髭《ひげ》面氏に一杯の酒を贈った。

「あ、これはどうもすいません。ありがたくいただきます」

髭面氏のもとへ、ロックグラスがやってきて、僕らは声を出さずにグラスを合わせる。戦場は違えど、同じ陣営で戦った同士に乾杯だ。

何を話すでもなく、ゆっくりグラスを傾けて、ちびちび飲んでいると、ぶぶっとケータイが振動する。

見れば、妻からのＬＩＮＥが来ていた。メッセージには何も書いておらず、ただ画像だけが送られてきている。タップして拡大すると、それはエプロン姿の結衣《ゆい》がオーブンにパイを入れている写真だった。どうやら今日もスイーツを作ってくれていたらしい。

……今から帰ればちょうど焼き上がりに間に合うだろうか。

そわそわ思案していると、がたっと椅子《いす》が鳴る。そちらをぱっと見やると、髭面氏が立ち上がったところだった。ぐいっと一息にグラスを呷《あお》ると、ふぅっと満足げな息を吐く。

「それじゃ、俺はこの辺で。ゴッドファーザー、ごちそうさまでした」

へこっと会釈《えしゃく》のような礼をすると、髭面氏はバーメイドへ声を掛けた。

「お会計お願い。あ、あと、いつもの。人数分お願いしていい？」

「……かしこまりました」

バーメイドはむすっとしていたものの、短いため息を吐《つ》くと、後ろの冷蔵庫から何か取り出した。

「酔い覚ましにちょうどいいもんでね、入荷してもらってんですよ。よかったらどうぞ」

髭面氏の言葉とともにカウンターに出てきたのは、缶コーヒーだった。黄色と黒でカラーリングされたポップなデザインには見覚えがある。もっとも、あまり飲んだことはないが。確か、やけに甘かったことだけは覚えている。

「マッ缶ですか。懐かしいな……。デザイン、変わったのか」

オールバック氏は缶コーヒーを手にすると、ふっと嬉しそうに微笑《ほほえ》む。いやデザインとか知らんし……。思いながら、僕もマッ缶を手に取った。うん、まぁ可愛《かわい》いデザインだけど。

しげしげと眺めているうちに、髭面氏の会計が済んだらしい。髭面氏がひらと手を振る。

「じゃ、またいつか」

お互いの名前も連絡先も知らないのに、再会を期する挨拶《あいさつ》だった。おそらく二度と会うことはないだろうに。

けれど、それでいいのだと思う。僕も、彼らも、偶然ここで出会っただけに過ぎないが、娘を愛する父親なのだと、その一点がわかりあえていればそれでいい。

だからこそ、オールバック氏もふっと柔らかな微笑を浮かべたのだろう。

「では、またいつか」

「ええ。またいつか」

僕もまた、彼ら同様に叶《かな》わぬ願いと知りながらそう返した。三者三様それぞれが苦み走った笑みを口の端にだけ浮かべている。

髭《ひげ》面氏が去り、やがてオールバック氏も席を立つ。

それに続いて、僕もバーを後にした。

気持ちよく別れたくせに、外に出てからばったり出くわしたりしないよう、お互いに気を遣ったのだろう。駅まで歩く道のりでも、彼らの姿を見つけることはない。

家の方向も違うらしく、駅のホームにも彼らはいなかった。

電車を待つ間、妻宛てのＬＩＮＥに『もうすぐ着くよ』と返信して、僕はケータイを鞄《かばん》にしまう。

と、その拍子になにかひやりとしたものに触れた。

手に取ってみると、髭面氏から頂いたマッ缶だった。最後に飲んだのはいつだったろうかと、記憶を手繰《たぐ》りながら、かしゅっとタブを開ける。

そして、ぐいっと一口。

「あっま……」

想像の七兆倍ぐらい甘くて、僕は思わず成分表示を見返してしまう。え、これ、こんな甘かったっけ!? さっきまでウイスキーベースの酒飲んでたから余計に甘く感じる……。

……うん、いやまぁ、存外悪くないけど、嫌いじゃないけど。慣れればこれはこれでいい。というか、長年の調教によって、僕は結構甘党になってきているのかもしれない。

先のことはわからないけど、時間をかけて少しずつ前へ進んでいけば、何かが変わっていくものだ。

娘の恋路とその先も、たぶんそう。

なんて、甘いことを考えながらぐびりぐびりとマッ缶を飲み進める。

加糖練乳と砂糖が喉元を過ぎるころに、ようやくコーヒーらしい風味がおっかけてきた。

とびっきりに甘くて、けれど、ちょっぴり苦みがある。

——いつか、その甘さを好きになることができる気がした。

了

Author's Profile

白 鳥 士 郎

Shirou Shiratori

作家。著書に、『らじかるエレメンツ』シリーズ(GA文庫)、『のうりん』シリーズ(GA文庫)、『りゅうおうのおしごと!』シリーズ(GA文庫)などがある。

川 岸 殴 魚

Ougyo Kawagishi

作家。著書に、『邪神大沼』シリーズ(ガガガ文庫)、『人生』シリーズ(ガガガ文庫)、『編集長殺し』シリーズ(ガガガ文庫)などがある。

田 中 ロ ミ オ

Romeo Tanaka

作家、シナリオライター。ゲーム『CROSS†CHANNEL』など多くの脚本を務める。著書に、『人類は衰退しました』シリーズ(ガガガ文庫)、『AURA~魔竜院光牙最後の闘い~』(ガガガ文庫)、『マージナルナイト』(KADOKAWA)などがある。

境 田 吉 孝

Yoshitaka Sakaida

作家。著書に、『夏の終わりとリセット彼女』(ガガガ文庫)、『青春絶対つぶすマンな俺に救いはいらない。』(ガガガ文庫)などがある。

八目 迷

Mei Hachimoku

作家。著書に、『夏へのトンネル、さよならの出口』(ガガガ文庫)、『きのうの春で、君を待つ』(ガガガ文庫)などがある。

渡 航

Wataru Watari

作家。著書に『あやかしがたり』シリーズ(ガガガ文庫)、『やはり俺の青春ラブコメはまちがっている。』シリーズ(ガガガ文庫)など。『プロジェクト・クオリディア』では、作品の執筆とアニメ版の脚本も務めている。

水沢 夢

Yume Mizusawa

作家。著書に、『俺、ツインテールになります。』シリーズ(ガガガ文庫)、『ふぉーくーるあふたー』シリーズ(ガガガ文庫)、『SSSS.GRIDMAN NOVELIZATIONS』(小学館)などがある。

あとがき（川岸殴魚《かわぎしおうぎょ》）

『俺ガイル』読者の皆様、おそらくはじめまして。川岸殴魚と申します。

錚々《そうそう》たる作家陣がこのアンソロジーに名を連ねているなか、ひっそりと末席を汚させていただいております……。なにせ末席中の末席、妖怪《ようかい》末席汚し的な存在でございますので、僕のことを知らない方も多いかと思います。そんななか、せっかくこうした機会をいただいたので、あとがきのスペースを利用して、自己紹介をさせていただきたく存じます。

とはいえ、いただいてるページ数が一ページなのでざっくりと。これだけ覚えていただければという大事な部分だけ。

——川岸殴魚は渡 航《わたりわたる》さんの同期デビュー！

この点だけ覚えていただければ幸いです！　この点を覚えたうえで、渡さんと同期デビューなんだからちょっと読んでみようかな的な発想？　もしくは同期デビューってことはもはや同一人物かも的な勘違いを期待しております。

それはさておき、改めて『やはり俺の青春ラブコメはまちがっている。』シリーズ完結おめでとうございます！　渡 航さん、関係者各位、そして読者の皆様、お疲れさまでした！

渡 航さんにおかれましては、また「同期なんだよね」って、自慢できる新作を期待しております！

あとがき（境田吉孝《さかいだよしたか》）

はじめまして。もしくはお久しぶりです、境田吉孝です。

錚々《そうそう》たる顔ぶれ、しかも十代の多感な時期より憧れていた作家の皆様の並ぶ本書に、一人なんの知名度もない僕のような者が紛れ込んでいることに震《ふる》えています。

初めて『俺ガイル』を読んだのは、十八歳の頃。作家になろうなどと真剣に考えたこともない純朴でイタい文学少年だった僕が、『は？　この主人公、完全に俺なんだが？　八幡《はちまん》is俺。超八幡に似てるわ……』などと俺ガイルにおける、ある種典型的なハマりようを見せたのは言うまでもありません。友達のいない、中二能力も最強チートもない、けれど胸を張って生きている比企谷《ひきがや》八幡は、まぎれもなくあの頃の僕にとってのヒーローでした。

アンソロ執筆にあたり俺ガイルを初期から読み返し、そんな少年だった在りし日を思い出すように書かせて頂いたこの一篇、いかがでしたでしょうか？

僕と同世代の俺ガイルファンの方にも、もちろんそうでない読者の方にも、楽しんで頂ければこれ以上の幸せはございません。

これからも一緒に、末永く俺ガイルを愛して参りましょう。それでは。

あとがき（田中《たなか》ロミオ）

俺はまち（俺専用略称）完結おめでとうございます。

同じフレーズを前の巻でも書いた気がするが、めでたいことは何度祝ってもいいもんです。

ところで本作主人公である八幡《はちまん》はＭＡＸコーヒーを愛飲していますが、私も職業柄かかなりのコーヒー党です。主目的はカフェインであり、しょせんは庶民舌なので味のこだわりもそうありませんが、執筆のおともにコーヒーは欠かせません。

今回掲載されているのがどちらかはわかりませんが私が書いた話の中で、八幡君がスタバに入ることを拒むというシーンがあるのですが、私本人はあの手の店が大好きでよく利用してます。ただひとつだけ軽めのトラウマがあって、書いている時にふとその出来事を思い出しました。

ずっと以前、スタバかどうかは忘れましたが、似たような雰囲気のカフェに入ってコーヒーサイズを指定する段で「普通で」と告げる私に対し、なんということでしょう！　店員は執拗《しつよう》に「トールサイズですね？」と連呼してきたのです。

「普通で」「トールサイズでしょうか」「ええ普通で」「こちらトールサイズになります」「普通で……」「トールサイズ……」

絶対に「トールサイズ」なる浮ついた単語を口にしたくなかった当時の誇り高き私はたちま

ち追い詰められ、この手のコーヒー店にちょっと苦手意識を持っていた時期がありました。今ですか？　ネイティブばりの発音で「ＴＡＬＬＳＩＺＥｄｅ！」って注文してます。

あとがき（八目迷《はちもくめい》）

皆様はじめまして。八目迷と申します。

僕のようなどこの馬の骨とも知れない新人作家が、この豪華すぎる執筆陣に名を連ねていることが今でも信じられません。一体何が起きているのでしょう。現実を直視すると、戦々恐々《せんせんきょうきょう》とするあまり何も書けなくなってしまいそうなので、少し過去を振り返るとします。

僕が俺ガイルに出会ったのは高校生の頃でした。ただでさえ多感な時期、ろくに友達もいなければ部活にも属しておらず恋人なんていない、そんな無い無いづくしの学校生活を送っていた僕にとって、俺ガイルは間違いなく一つの拠《よ》り所でした。特に、比企谷八幡《ひきがやはちまん》から受けた影響は計り知れません。

多くの方がそうであるように、僕もたびたび孤独に苛《さいな》まれます。「俺なんて居ないほうがいいんじゃ」と悲嘆に暮れることも少なくありません。でもそんなとき、八幡の言葉が脳裏を過ぎるのです。「どうして今の自分を認めてやれないんだ」と。「一人でいることは悪ではない」と。孤独を誇る彼の言葉に、今までどれほど勇気づけられたか！

ありがとう、俺ガイル。そして比企谷八幡。これからも君は僕にとってのヒーローです。

最後に。素敵な機会を与えてくださった渡航《わたりわたる》先生に、心より感謝致します。

あとがき（水沢《みずさわ》 夢《ゆめ》）

雪乃《ゆきの》編に続いて、（というか同時ですが）結衣《ゆい》編も執筆させていただきました。水沢 夢です。

もしこちらだけお買い上げの方は、雪乃編も是非よろしくお願いします。

俺ガイルの魅力の一つが、愛溢《あふ》れる豊富な千葉ネタ。

田舎民の僕は、千葉県は近年だと（今はなき）東映ヒーローワールドで幕張新都心《まくはりしんとしん》に行ったぐらいですが、そのぐらい千葉に詳しくなくても千葉のことで笑えてしまうのが、すごいところだと思うのです。なので個人的に好きな千葉ネタを使った短編にしてみました。

ちなみに僕の住んでいる青森県の中だと、「にゃんごすたー」というドラマー系ゆるキャラが好きです。チーバくんと同じレッドカラーです。

今回はユーチューバーの話ですが、俺ガイルアニメの3期も始まりましたし、是非本当にチューバーのモデルが制作されて活躍して欲しいと思います。

というわけで、由比ヶ浜《ゆいがはま》結衣という元気で健気なヒロインの魅力を少しでも書けていればよいのですが……他にたくさん素晴らしい短編が盛りだくさんのこの一冊ですので、俺ガイル読者の皆様におかれましては本の感想、応援のお便りをガガガ文庫に送っていただき、アンソロが五弾六弾と続けばいいなと思います。

もしまた誘ってもらえたら、その時は戸部《とべ》翔《かける》で四〇P書かせていただければ幸いです。

あとがき（渡航《わたりわたる》）

こんばんは、渡航です。

私は今日も、ここ、東京神田神保町は小学館で、あとがきを書いています……。

もうあとがきを書くことはないんだな……。そう思っていた時期が僕にもありました。

つい先日、『やはり俺の青春ラブコメはまちがっている。アンソロジー』1&2を書き終えて、キャッチ・ミー・イフ・ユー・キャン！ と告げて、かっこよく去ったつもりだったのですが、もしかしたら、キリング・ミー・ソフトリーって言ってたのかもしれません。似てるから間違えちゃったのかな……。

今度からはアイルビーバック！ と、親指立てながら言って、かっこよく去ろうと思います。だって明日には戻ってくるからね！

なぜなら、この後もまだ『やはり俺の青春ラブコメはまちがっている。』はもう少しだけ続いていくから……。

一区切りがついたとはいえ、彼ら彼女らの人生なり世界なりがそれで終わったわけではなくて、今もふとした瞬間に、細々とした日常や、あるいははるか先の未来、もしくは見たことのない過去の姿、はたまたまるで関係ない一幕が頭をよぎることがございます。

そうした時に、私が書くと書かざるとに関わらず、彼ら彼女らの日々はこれからも続いていくのだなぁとぼんやり思うのです。

だもんで、書かないと……と、焦燥感《しょうそう》にかられて、明日もここに来るのです。

たぶん明後日《あさって》も、明々後日《しあさって》も、弥《や》の明後日も来ることでしょう。

そうやって、繋《つな》いだ日々のその先に、何かまた新しいものが見えましたら、皆様にもご覧いただけたら嬉しいです。

……まぁ、先のことはわかんないけどネ！　なんなら明日ちゃんと来るかもわからないし！

といった感じで、『いつか、その甘さを好きになることができる気がする。』でした。

『やはり俺の青春ラブコメはまちがっている。アンソロジー1　雪乃《ゆきの》ｓｉｄｅ』の『斯《か》くして、彼の前に新たな敵は現れる。』と合わせてお読みいただけると、一層お楽しみいただけるかと思いますので、そちらもよろしくお願いしますね！　ていうか、アンソロジー、全部よろしくお願いします。ぜひぜひ！　いや、ぶっちゃけすごいんすよ、これマジで。パない。鬼マッハパない。このアンソロ企画、っべーんすよ。っべー……。

このアンソロジー企画は、俺ガイルが完結した暁《あかつき》には、いつかやってみたいと思っていた幻想みたいな企画でして、一言で言うと、ファイナルファンタジーです。どんな内容かご説明しますと、「このひとたちにかいてもらいたいなー」という脳内ドラフト会議を実現したもので、ざっくり言うとプロ野球チームをつくろうみたいなことです。これでだいたい伝わったと思う。

こちらの『やはり俺の青春ラブコメはまちがっている。』アンソロジーですが、全部で４冊、刊行予定という無理無謀な企画です。結衣《ゆい》side の他、雪乃《ゆきの》side、オールスターズ、オンパレードと全部集めて、ニヤニヤしよう！　俺はもうニヤニヤしてるぜ！

以下、謝辞。

川岸殴魚《かわぎしおうぎよ》様、境田吉孝《さかいだよしたか》様、白鳥士郎《しらとりしろう》様、田中《たなか》ロミオ様、八目《はちもく》迷《めい》様、水沢《みずさわ》夢《ゆめ》様。

感謝以外の感情はすべて捨てました。ありがとうございますという言葉以外、すべて忘れました。なのに玉稿を拝読するにつれ、胸の内に温かなものが芽生えて、なくしたはずの心が蘇《よみがえ》り、感動や感傷が湧き起こりました。この素晴らしさをちゃんと言葉で伝えたいのに、語彙力《ごいりよく》だけが死んだままです。バリバリ最強に面白かったです。本当にありがとうございました。

うかみ様、U35《うみこ》様、春日《かすが》歩《あゆむ》様、くっか様、クロ様、しらび様、戸部《とべ》淑《すなほ》様。

エモエモの実の能力者なので、もう口を開くとエモいしか言葉が出てこなくて恐縮なのですが、エモくて可愛《かわい》くて素敵なイラスト、ありがとうございました。拝見する度に心が安らぎ、愛に包まれていました。皆様のおかげで、鳥は歌い、花は咲き誇り、世界から争いがなくなると思います。ラブ&ピースが過ぎるのではないでしょうか。最高です。感謝申し上げます。

ぽんかん⑧神。

ゴッドはゴッドが過ぎるよ。表紙、優勝どころか世界制覇してるじゃん……。本当にいつもいつでもゴッドは最高です！　いつもありがとうございます！　また次もその先も、ずっとずっとよろしくお願いします！

担当編集星野様。二か月連続で通算4冊というやべぇ企画を実現していただきありがとうございます。この後もまだまだやべぇことやっていきましょう！　なぁに、次こそは余裕ですわ！　ガハハ！

ガガガ編集部の皆様、並びにご協力いただいた各社様。皆様のお力添えのおかげで、本企画が成立いたしました。各作家様イラストレーター様にお声がけいただき、また編集にご協力いただきまして大変感謝しております。皆様お忙しい中、本企画にお付き合いいただき、誠にありがとうございました。

そして、読者の皆様。『やはり俺の青春ラブコメはまちがっている。』が、このアンソロジーや、あるいはほかの媒体へ派生して、今なおその世界を広げ続けているのは、皆さまが応援してきてくださったからです。君がいるから俺ガイル。本当にそう感じる今日この頃です。この先も皆様と一緒に俺ガイルの世界を楽しんでいけたらこれに勝る喜びはございません。さしあたって、まずはアニメを！　4月から放送中の『俺ガイル完』を一緒に楽しみましょう！　詳しくは公式HP等でチェックしてね！　本当にありがとうございます。これからもよろしくお願いします！

次は、『やはり俺の青春ラブコメはまちがっている。オールスターズ』でお会いしましょう！

三月某日　毎週木曜深夜に向けて、眠気覚ましにMAXコーヒーを飲みながら

渡《わたり》　航《わたる》

GAGAGA

ガガガ文庫

やはり俺の青春ラブコメはまちがっている。アンソロジー3

結衣side

渡 航ほか

発行　2020年4月22日　初版第1刷発行

発行人　立川義剛

編集人　星野博規

編集　星野博規 林田玲奈

発行所　株式会社小学館
〒101-8001 東京都千代田区一ツ橋2-3-1
[編集] 03-3230-9343　[販売] 03-5281-3556

カバー印刷　株式会社美松堂

印刷・製本　図書印刷株式会社

Printed in Japan ISBN978-4-09-451845-0